CUESTIÓN DE HOMBRES

SEGUNDA EDICIÓN

BENITO PASTORIZA IYODO

CUESTIÓN DE HOMBRES

Prólogo

por

Carlos Manuel Rivera, Ph.D.

Pintura de portada por Myles Brown
Colección del autor
Fotografía de portada, Joseph A. Dangler

Segunda edición preparada por
Bradley Warren Davis

ISBN 10: Softcover 1-4257-3068-X

ISBN 13: Softcover 978-1-4257-3068-0

Este libro se imprimió en los Estados Unidos de América.

Para ordenar copias adicionales de este libro, el contacto:
Xlibris Corporation
1-888-795-4274
www.Xlibris.com
Orders@Xlibris.com

35987

PRÓLOGO

Cuestión de hombres: un estudio preliminar para su segunda edición

Carlos Manuel Rivera
Davidson College

A través de la construcción de un metarrelato paternalista, legitimado por sus imaginarios nacionales que se matizaban con sus dispositivos sociales, políticos, médicos, jurídicos y psiquiátricos, se va desarrollando una literatura mediante una postura homogeneizante que define de manera esencialista la puertorriqueñidad[1]. Por esto, no es de extrañar que surja un discurso con una matriz excluyente para aquellos escritores que constituyen una amenaza a la corporalización de una literatura como producción cultural monolítica que refleje la utopía descolonizadora, una subjetividad enferma, dócil e infantil incapaz de la soberanía estatal. Es decir, frente al peligro de extinción por la penetración de la modernidad utilitarista norteamericana, una literatura no a fin a su propuesta discursiva, se minusvalidaría frente a la comunidad imaginada nacional que se iba logrando desde el s. XIX en el resto de los países latinoamericanos y del Caribe hispánico.

Sin embargo, muy a pesar de esa jerarquización elitista, desde espacios intersticiales, fugaces, nomádicos, híbridos y transversales, se dieron a la tarea algunos escritores que no se insertaban en esa oposición binaria de hegemónicos versus marginales o asimilados versus nacionalistas, al representar

---

[1] Ver Gelpí, Juan. *Literatura y paternalismo en Puerto Rico*. Río Piedras: Editorial UPR, 1994.

una puertorriqueñidad desde el interior-exterior o desde el exilio-permanencia que legitimara sus imaginarios. De esta forma, aquellos escritores insubordinados a los susodichos parámetros recalcitrantes, no podrían ser validados desde un discurso totalizante que enmarcara una subjetivización bajo una lente miope que minimizara ontológicamente la implosión de una multiplicidad de sujetos heterogéneos con una caja de resonancia heteroglósica, polifónica, desterritorializada y abierta a la libre descategorización.

Uno de estos escritores que ejemplifica lo anteriormente planteado, es Benito Pastoriza Iyodo, quien en la década de los ochenta desde los géneros de la poesía y de la narrativa ha cultivado un espacio escriturario ajeno, externo y distante a estas categorías reduccionistas que manifiestan una puertorriqueñidad unitaria, al utilizar un lenguaje que desconstruye su inmanencia cultural como un resurgir ilimitado.

Desde la apertura de la narrativa de Luis Rafael Sánchez a finales de la década del setenta, un grupo de escritores, como Rosario Ferré, Manuel Ramos Otero, Ana Lydia Vega, Magaly García Ramis, Carmen Lugo Filippi, Edgardo Sanabria Santaliz, Edgardo Rodríguez Juliá y Juan Antonio Ramos, por mencionar algunos nombres, se va elaborando otra representación de la puertorriqueñidad como ruptura contra la narrativa precedente que se oficializó y se canonizó bajo la ritualización sagrada de un paternalismo familiar y de su *Cuestión de hombres*. También, no podíamos excluir de esta asunción, aquellos escritores que desde el exilio o desde la metrópolis continental, ya sea emigrados, nacidos o criados en los Estados Unidos, han agenciado con sus trabajos otra forma de representar la heterogeneidad o la multiplicidad de esta cultura.

El libro *Cuestión de hombres* (colección de cuentos) de Benito Pastoriza Iyodo, escritor puertorriqueño que reside en los Estados Unidos, aparece como una narrativa irónica y paródica contra la poética de la ritualización masculina, para así cuestionar aquellos discursos que con sus apropiados dispositivos definen con una postura monológica al sujeto puertorriqueño desde la univocidad política, social e histórica.

La colección de cuentos representa en estos personajes la "estética del desecho"[2]—siguiendo al pensamiento benjaminiano—que no retrata esa construcción de la puertorriqueñidad desde una visión totalizadora y encerrada, porque su mismo espacio social y político no está constreñido por fronteras insulares territoriales, lingüísticas, clasistas, raciales y de género. De este modo, se podría figurar a través de la escritura de aquellos micro-relatos excluidos de la historia oficial a otras identidades fluidas que desdibujan esa linealidad del discurso letrado.

En otras palabras, esta cuentística se nos revela como una transgresión al orden simbólico de la cultura que representó a una puertorriqueñidad como un impositivo de un corpus estatal adherido a *La Ciudad Letrada*[3] que se rememoraba de un pasado decimonónico, criollista, blanco, burgués hacendado, heterosexual y masculino. Así, las voces narrativas de esta colección trituran el metarrelato teleológico de lo nacional y la búsqueda de una identidad, para encontrar

---

2 Ver Benjamin, Walter. *El arte en la de la reproducción mecánica.* Trad. Jesús Aguirre. Madrid: Taurus, 1973.

3 Ver Rama, Angel. *La ciudad letrada.* Hanover, NH: Ediciones del Norte, 1984

otros registros en y fuera de la Isla que desarticulen a esa poética de la ritualización masculina, emergida en la literatura desde la década del treinta.

Observamos que la colección de cuentos *Cuestión de hombres* de Benito Pastoriza Iyodo se estructura en cuatro fases de ritualización para desconstruir el metarrelato de lo nacional que se dividen de la siguiente forma: la ritualización iniciática, la ritualización escatológica, la ritualización carnavalesca y la ritualización del éxtasis.

La ritualización iniciática

Es bien sabido que la cuentística que se genera a partir de la década del treinta y que toma importancia dentro de la literatura nacional en su momento epigonal en la del cuarenta, fotografiaba a una puertorriqueñidad en estado de emergencia y caos frente a la paulatina modernidad industrial. Sin embargo, en esta colección de cuentos, nos vamos infiltrando como lectores reales e implícitos en una cierta intertextualidad con esta narrativa precedente cuarentista, pero para de esta forma, evidenciar su erosión. Por consiguiente, sus personajes se rebelan ante el orden simbólico cultural[4] a través de la transgresión, la desconstrucción y la disidencia, y así retienen del padre, la casa y la Gran Familia Puertorriqueña, sus fragmentos, sus trozos, sus pliegues, sus huecos, para ir desembocando en una multiplicidad de sujetos heterogéneos con una polivalencia de diferencias[5].

---

[4] Ver Lacan, Jacques. *Ecrits.* Paris: Seuil, 1966.

[5] Ver Hardt Michael y Negri Antonio. *Imperio*. Buenos Aires: Paidos, 2003.

Si nos acercamos a "Cuestión de hombres", quien sirve como antesala al resto de los textos, notamos que es hay allí donde se plantea lo comentado anteriormente. Este cuento funciona como la primera fase de la ritualización iniciática, en la que por primera vez se presenta el *leit motif* que va a mostrarnos a través del texto la muerte del padre y la sonrisa sarcástica del hijo ante su agonía familiar, articulándose la misma mediante una transversalidad rizomática[6] de sus herederos. Es decir, al enfrentarnos a la ritualización masculina del hijo frente al lecho de un padre en estado de coma, reconocemos cómo la estirpe criolla, judeo-cristiana, elitista, racialista y excluyente que ha sido controlada bajo una cultura falocrática totalmente cerrada ante los cambios de la modernización, atraviesa por un caos sin origen y destino final.

A través del cuento vemos cómo este narrador-protagonista ha tenido que violentarse y reprimirse frente a una normativización paradigmática que exige su ingreso a una masculinidad cultural, llevándolo a un estado de psicosis neurótica, y que en su punto de ebullición, se quebrantará ante la sociedad tardo-moderna y la razón instrumental que se va desarrollando:

> Por esos días cuando cumplía yo los ocho años le dio con mirarme con una extraña sonrisa como si intentara incluirme en la maravilla de su mundo. Al principio pensé que mi padre comenzaba a verse

[6] Todos las citas del libro *Cuestión de hombre*s que aparecen en este trabajo son de la primera edición, New York: The Latino Press, 1996. Ver Deleuze, Gilles y Gattari, Félix. *Rizoma*. Valencia: Pretextos, 1977.

> en mí, la continuación de su prole, el reflejo de su niño ser. La duplicación de su vida que en alguna forma vendría a darse en mí [. . .] (7-8).

No obstante, al final del mismo la sonrisa irónica del narrador-protagonista nos desoculta su oposición, ya que disentirá de esta ritualización para devolverle al mismo orden simbólico falocrático y a su padre el signo de su derrota y su clausura desde el espacio escriturario que continuará en los demás cuentos del libro.

La ritualización escatológica

La segunda fase del libro se inicia con el cuento "La basura", en el cual vemos un choque transgresor contra la narrativa precedente cuarentista, quien legitimaba de manera fundacional esa búsqueda de identidad nacional, pero bajo el efecto de unos sujetos con síntomas psico-patológicos de los visos de raigambre naturalista-positivista, al representar a unos emigrantes en espacio extraño como es el de la metrópolis niuyorquina (José Luis González y Pedro Juan Soto, por decir algunos)[7].

---

[7] Ver Diaz, Luis Felipe. "Ingreso a la modernidad en *Insularismo* de Antonio Pedreira". *Modernidad literaria puertorriqueña.* San Juan, Puerto Rico: Editorial Isla Negra, 2005. 67-86; "Tránsitos y traumas en el discurso na(rra)cional puertorriqueño del siglo XX". *Globalización, nación y postmodernidad.* Eds. Luis Felipe Díaz y Marc Zimmerman. San Juan, Puerto Rico: Ediciones La Casa. 255-80. Ver Quiñones, Arcadio. *El arte de bregar.* San Juan, Puerto Rico: Editorial Callejón, 2000.

Ese punto chocante que se visualiza en la estructura profunda del cuento "La basura" nos evoca aquel pasado de emigrantes que salen de la Isla a la urbe (cualquier ciudad estadounidense) para reterritorializarse a un medio social no tanto ajeno, hostil y discriminatorio, sino en su paroxismo, a uno de excremento, de abyección[8], de lo escatológico.

El narrador o el autor real e implícito del texto nos lleva como lector a otra fase de la ritualización de la cuestión de hombres cuando nos dirige en forma esperpéntica, patética y absurda al contacto con la otredad latina que lo vincula con la narrativa y la poesía neorriqueña de los escritores del sesenta y setenta (Piri Thomas, Miguel Piñero y Pedro Pietri, por mencionar alguno)[9]. La metamorfosis del personaje-narrador queda plasmada en su condición de mamífero roedor (una rata), que desde el inicio del cuento, irá aniquilando la casa exterior y tambaleante de la cultura dominante. La ruptura del sujeto, ya no es sólo contra la figura del padre y la Gran Familia Puertorriqueña desde la misotopía cultural, racial, lingüística y social que se da por la invasión colonizadora del extranjero; sino, frente a la cultura dominante que es quien construye al Otro bajo el significante de la basura o de los desperdicios, se percibe su intolerancia y su disidencia contra el estado discriminatorio y segregatorio al que ha sido ubicado: "Ahora éramos parte

---

[8] Ver Kristeva, Julia. *Poderes de la perversión. Ensayos sobre Louis F. Céline*. Trad. Nicolás Rosa y Viviana Ackerman. Buenos Aires: Siglo XXI, 1988.

[9] Ver Barradas, Efraín. *Partes de un todo: ensayos y notas sobre literatura puertorriqueña en Estados Unidos*. Río Piedras: Editorial de la Universidad de Puerto Rico, 1998.

de todo este desperdicio. A nuestro alrededor se acumulaba la inmundicia ajena, botellas, excremento, plástico, lodazal, carne podrida, cristales rotos y un mar de objetos que habían perdido forma y sentido" (21). El autor implícito nos exige una óptica distinta como lectores que descontextualice la postura del Otro marginal, que ahora desde la periferia se ha movilizado hacia el interior de "las entrañas del monstruo"[10] para deslegitimarlo.

En "La bolsa del placer" caminamos por ese espacio abierto de una ciudad en su condición tardo-moderna o posmoderna, donde la voz narrativa, ya no representa a una identidad unitaria bajo un discurso totalizante, sino nos integra a una "heterogeneidad multitemporal"[11] que es el lugar de la latinidad dentro de la cultura dominante y que la narración nos quiere evidenciar. De ahí que a través de una complicidad como lectores reales e implícitos con el texto, permite que el sujeto narrativo escamotee una identidad nacional específica. Es decir, a través de un discurso ético demiúrgico, presenciamos un retablo de esperpentos animalizados, en el cual un fabricante de marionetas (el autor real o implícito) nos induce a la reflexión sobre la hibridación cultural latina que manifiesta ese sentido de multivocidad frente a la homogeneización impuesta por el discurso de poder. En ese cuadro escatológico, subterráneo, clandestino y abyecto, que es el lugar al que quiere movilizar el poder a la otredad, la voz narrativa nos conduce a vernos reflejados

---

[10] Ver Martí, José. *Nuestra América*. Buenos Aires: Lozada, 1980.

[11] Ver García Canclini, Néstor. *Culturas híbridas. Estrategias para entrar y salir de la modernidad*. México: Grijalbo, 1989.

en el espejo cóncavo y convexo de la miseria, el hambre, los bajos fondos y las cloacas, para de este modo, violentar ese destino y exigir un espacio para la sobrevivencia: "Hasta gracia me ha causado. He aprendido a dormir despierto, a nadar en el silencio del alcantarillado a oler comida en el vacío de la nada. A percibir con mis pequeños ojitos la llegada en la oscuridad de otra manada" (28).

El Eros civilizatorio[12] que la modernización ha forjado para el Otro, según el cuento, está intrínsecamente conectado con lo convulsivo de un ambiente repugnante y deprimente que hay que desintegrar en el espacio angloamericano, valorizado a través del discurso democrático constitucional de la razón ilustrada. Ya una puertorriqueñidad o una latinidad definida desde la unidimensionalidad temporal y espacial de las narrativas precedentes, ha desaparecido para dar apertura a la multiplicidad que lucha dentro de un lugar que también le pertenece.

En el cuento, "Buenos días comensal", arribamos a la cumbre de una ciudad repulsiva mediante la desestabilización y la discontinuidad de la construcción unilateral de un sujeto con una identidad y un espacio definido. El deambulante, que nos describe la voz narrativa, se coloca en el epítome de lo grotesco como una antítesis al "flanneur" benjaminiano para descubrir de la ciudad el alimento que la especie gatuna-felina gusta y saborea, y así proseguir el viaje y la sobrevivencia.

El Otro o el desposeído de espacio, clase, raza y orientación sexual es la metamorfosis de aquel animal felino, quien busca

---

[12] Ver Marcuse, Herbert. *Eros y civilización*. Trad. Juan García Ponce. Ariel: Buenos Aires, 1985.

de las sobras de privilegiados civiles ese *Sueño Americano* tan promocionado y mediatizado por tecnócratas a través del mundo. Es decir, nos remite a la desigualdad étnica, clasista, lingüística y de género que se forma para aquéllos, quienes no descienden de las culturas europeas en la vida norteamericana.

De esta forma, se nos advierte de tener cuidado porque en cualquier momento, el sujeto abyecto surgirá de su lugar escatológico para desmentir la consigna democrática de igualdad para todos y despertar a la colectividad heterogénea de su pesadilla. De esta manera, "el ritual del comensal" nos dirige a la disrupción de esa felicidad, vestida de ironía y parodia por la voz narrativa, que no existe dentro del ámbito seductivo que se propaga en la sociedad americana.

Si en la cuentística cuarentista isleña y en la sesentista-setentista neorriqueña el emigrar y la condición minoritaria del puertorriqueño era su lucha constante frente al poder hegemónico, ahora en la ciudad es una constante desterritorialización de una multiplicidad de sujetos que no caben dentro de la postura homogeneizante de la cultura de dominio, al su desarticulación brindarnos una visualización más concreta sobre la condición global y transnacional de la megápolis y de sus habitantes dentro de un locus nacional o continental. Al eclipsar la oposición binaria entre blancos y minorías en la cima del capitalismo tardío, la transnacionalización y la globalización, se desintegra la dialéctica de lo local—lo hegemónico versus lo marginal—para abrirse a una nueva coyuntura, en la cual se amplían las identidades, ya imposibles de categorizar con los basamentos anteriores. Las identidades que aquí no se nombran por su difícil regulación en la actual condición de hibridación social, política y económica, podrían estar tanto en ventajas como en desventajas frente a la nueva hegemonía global que no se distingue ni se define por las pasadas categorías de clase, raza, género y orientación sexual: "Todos los días llegaba allí para desayunar. La parada, una caja de cristal futurística le servía de comedor público entre los once esperantes que se apretujaban para esperar el autobús" (29).

La ritualización carnavalesca

En el umbral de la era mas-mediática, la informática y la cibernética, la voz narrativa se desprende de cualquier discurso ideológico y estético que había sido encumbrado por la narrativa anterior. Al igual que la narrativa contracanónica de Luis Rafael Sánchez y Ana Lydia Vega, por mencionar algunos ejemplos, nos envolvemos en un carnaval dialógico, polifónico y heteroglósico, en el cual los sujetos con sus máscaras y disfraces nos muestran una realidad social de simulacro y espectáculo que deslegitima el discurso oficial de la cultura moderna y su hegemonía institucional.

En "Desfile puertorriqueño" la cultura de masas ha usurpado el protagonismo de un sujeto de alta clase o de un sujeto que una clase letrada narraba desde la distancia otreica, para presentar aquí un locutor que con una tónica irónica y sarcástica substituye al hablante implícito, que siendo testigo de los eventos describe y plasma en el radioescucha una comunidad local, transnacional y global. De este modo, recrea mediante la narrativa el triunfo de la razón instrumental, de la "poética de lo soez"[13], de la diglosia del español y el inglés, del arte kitsch y del goce por la fetichización cultural en un mundo cada vez más alejado de toda nostalgia o utopía de una vida mejor, para dejarse seducir por la banalidad y la superficialidad de la mercancía y el consumo:

> AQUÍ TODO ES JOLGORIO Y FELICIDAD
> EN ESTE APOTEÓSICO CIERRE, LES DIGO
> QUE EL NEW YORK TIMES NOS DARÁ LA
> MEJOR RESEÑA NUEVAMENTE, AQUÍ FUE LO
> MEJOR DE LO NUESTRO, CUÁNTA CULTURA,
> CUÁNTA NACIÓN, CUÁNTO DESPLIEGUE,
> SEÑORES! SEÑORES! (50)

En "Desgracia romántica", el hablante nos traslada por el espacio citadino a través de su medio de locomoción más eficaz, el autobús, en el cual un sujeto femenino llega con su carácter grotesco e hiperbólico a causarnos un estado de ambivalencia entre lo irrisible y lo patético. [14] De esta forma, se nos sumerge en un mundo de consumo, influenciado por el medio televisivo que proporciona en el personaje un estado aleatorio y de goce que va a ir apagando su inconsciente sexual reprimido.

---

[13] Ver Sánchez, Luis Rafael. *No llores por mí, Puerto Rico*. Hanover, NH: Ediciones del Norte, 1997. Ver, Sánchez Rondón, Julio César. "Poética de lo soez: Luis Rafael Sánchez: identidad y cultura en América Latina y en el Caribe". Doctoral Dissertation Univeristy of Nebraska, April 2006.

[14] Ver. Kayser, Wolfgang Johannes. *The Grotesque in Art and Literature*. Trans. Ulrico Weistein. Glouster, Massachussets: Smith, 1968.

El orden simbólico de la cultura dicta las reglas y establece los códigos, papeles y comportamientos que la mujer conllevaría en la sociedad hasta su muerte. De acuerdo a esto, la mujer que por su carácter de sumisión no fuera seducida por un hombre ante los parámetros sociales que establecen una alta estética en ella, tendrá que permanecer en una vida de represión erótica, frustración y marginación frente a una sociedad que condena el no seguimiento de su normativa. De esta manera, con la intención de violentar y desmantelar esos convencionalismos hacia lo femenino, el autor implícito o el autor real conduce al personaje a substituir su estado represivo con el aliciente de la comida congelada tan promocionada por la televisión, llevando al mismo a un estado psicótico de desequilibrio y glotonería.

De ahí que el cuento de corte rabeliano[15] muy bien nos represente un carnaval batjtiniano mediante la transgresión al orden establecido que se manifiesta en la desmesura del buen gusto femenino y en el desenfreno ante una comida fetichizada por eslogans y propagandas comerciales. El lugar para la mujer y lo femenino es imposible de romper frente al nuevo paradigma cultural que ya no es el patriarcal edipal, sino son los esquizofrénicos[16] signos mediáticos que se posicionan en un mundo hasta la saciedad del consumismo: "Llegó a su destino: a la tienda de la constante barata. COMPRE

---

[15] Ver Bajtin, Mijail *La cultura popular en la Edad Media y el Renacimiento. El contexto de François Rabelais.* Madrid: Alianza Editorial, 1990.

[16] Ver Ver Deleuze, Gilles y Gattari, Félix. *El antiedipo: capitalismo y esquizofrenia.* Trad. de Francisco Monge. Buenos Aires: Paidós, 1985.

HOY-PAGUE MAÑANA. COMPRE UNO-LLÉVESE OTRO GRATIS, AQUÍ AQUÍ LE DAMOS TODO LO QUE USTED QUIERE" [sic] (56).

"Noche de ronda", último cuento de la ritualización carnavalesca se inicia a través de una retrospección, en el cual el sujeto hablante nos testifica su victimización ante la condición homofóbica de la hipermasculinidad social. De esta forma, intenta retraer su mirada frente al espejo de su deformación, para así evitar a toda costa su entrada al orden logocéntrico y patriarcal del lenguaje, lugar prohibido para las diferencias sexuales.[17] De ahí que el sujeto hablante del micro-relato permanezca en un estado fronterizo y liminar entre el afuera y el adentro del lenguaje del padre, y así en ese lugar intersticial, revelarnos ese performance genérico del cual está basado la construcción de los papeles y el comportamiento humanos ante la mirada perversa de un sistema inviolable.

Según la normatividad social, el hombre toma el lugar central en la estructura familiar y su poder se privilegia en un espacio superior frente a las subjetividades femeninas o diferenciadas. Por consiguiente, a través de un imaginario masculino las relaciones de oposición serían las únicas aceptadas en el espacio público[18], negándole a las disidencias genéricas una presencia social visible ante la sexualidad "natural y esencial".

---

[17] Ver Braidotti, Rosi. *Sujeto nómades*. Buenos Aires, Paidós, 2000.

[18] Ver Díaz, Luis Felipe. "Feminismo en la cuentística de Mayra Santos". *Modernidad literaria puertorriqueña*. San Juan, Puerto Rico: Editorial Isla Negra, 2005. P. 242.

El disfraz y la cosmética que como estética del camp[19] utiliza el hablante para lograr su subversión transgénere le causa un estado paranoico que se revela en el acto condenatorio del orden patriarcal. El espacio social del sujeto masculino no reconoce la ruptura de su normativa mediante un estilo de vida que imite en forma estilizada y exagerada lo femenino, expresándose la homofobia, malestar cultural que concluye en el abuso o en el crimen corporal, mental y psicológico del Otro sexual. De esta forma, el placer prohibido deberá permanecer escondido o reprimido en ese armario del silencio de la *Cuestión de hombres*: "Intento quitarme este maquillaje que se ha incrustado en mis heridas, pero sólo logro causar más dolor a esta piel deformada. Este infernal espejo es el asesino de mi alma que me sigue recordando la deformación de mi rostro" (69).

La ritualización del éxtasis

En la última ritualización de la masculinidad que recorremos en el texto, el éxtasis, el autor implícito se apropia de la prosa-poética para destronar la primacía de la narrativa sobre la poesía que se ha perpetuado en los últimos años. De este modo, nos acercamos en "Enjambre" a una función dearticuladora de la estereotipificación hacia el tema del homoerostismo a través de un rizoma o de una enredadera vegetal, en el cual el principio y el fin de la narración se pierden para reflejarse en una multiplicidad sígnica de significantes sin significados: "Ese afán de

[19] Ver Mayer, Moe comp. *The Politics and Poetics of Camp*. London/NewYork: Routledge, 1994.

volverse uno de enredarse en las sábanas de buscar la entrada al placer [. . .] (70).

De esta manera, culminamos en el éxtasis cuando penetramos como lectores implícitos o reales en "Cuento para ser cantado", en el que sobresale lo intergénerico, donde el cuento corto, la poesía erótica y la canción romántica (balada o bolero) se entrecruzan para ofrecernos un cuestionamiento al aislamiento anatemático del encuentro homosexual en la literatura.

La barrera que condena la representación de aquellos personajes masculinos que viven la diferencia o la disidencia sexual en la narrativa, en la poesía amorosa o erótica, o en la canción romántica, se descentraliza en el texto, eliminando el dualismo masculino/femenino, para finalizar en su máxima liberación catártica desconstructora. De esta forma, mediante esta postura contracanónica del autor real o implícito se anula la univocidad de una dedicación literaria de un hombre a una mujer en ese ritual de la *Cuestión de hombres*: "Aquí está por nacer nuestro amor" (73).

De esta manera y para concluir, *Cuestión de hombres* de Benito Pastoriza Iyodo representa dentro de la literatura latina de los Estados Unidos una ampliación a los límites con que se había configurado a la puertorriqueñidad en y fuera de la Isla. De ahí que avalándose de cuatro fases para desconstruir la ritualización con la que se define al sujeto dentro de una cultura masculinista, se desarticula la definición totalizante de una puertorriqueñidad no acentuada a una postura unidimensional que se formuló como paradigma aún dentro de las fragmentaciones que se dan constantemente como base para las formaciones sociales.

De ahí que en esta colección de cuentos se nos proporcione una visión cultural desde una vertiente más abierta, en la que se destaca una multiplicidad de sujetos y voces que no se rinden a un cierre absoluto de su definición por categorías étnicas, lingüísticas, clasistas o genéricas.

CUESTIÓN DE HOMBRES

Mi padre siempre sonreía a solas. Difícil era que se le dibujara una sonrisa en esa cara tosca de guajiro cubano. Mamá se enfurecía cuando lo descubría riéndose ante el espejo como si en ese momento su imagen le estuviese haciendo el chiste del año. Ella que nunca le sacaba un movimiento de los labios no comprendía aquel ritual de soledad y alegría que disfrutaba papá. La felicidad la llevaba por dentro, como quien disfruta algo a hurtadillas sin que el resto del mundo se entere.

Por esos días cuando cumplía yo los ocho años le dio con mirarme con una extraña sonrisa como si intentara incluirme en la maravilla de su mundo. Al principio pensé que mi padre comenzaba a verse en mí, la continuación de su prole, el reflejo niño de su ser. La duplicación de su vida que en alguna forma vendría a darse en mí, en ese niño al que se lo permitía todo, sin un regaño, sin un escarmiento. Porque para él la vida se sumaba en lo breve y el hijo llegaba para disfrutar intensamente el momento fugaz del existir.

Papá que murió a los siete años en Pinar del Río, ciudad costera al noroeste de La Habana, resucitó a los nueve días después de una ardua lucha entre la vida y la muerte. Los santeros de conchas y piedras lo trajeron del submundo marino donde su alma había ido a descansar. Abuela que parió once niñas en busca del varón, viró tierra y mar para que le regresaran el macho de su estirpe.

Cuando papá dio el segundo suspiro de su vida, abuela le prometió a Santa Barbara bendita jamás separarse de su hijo. Hasta los dieciocho años estuvo durmiendo papá con abuela y abuelo. Por la noche cuando estiraba sus piernas podía sentir el roce encendido de sus cuerpos, el suave gemido de ella que pedía prontitud del acto por la presencia del niño. El niño ya se venía aprendiendo los embelecos del amor.

La extraña sonrisa de papá comenzó a seguirme por todas partes. El baño, lugar de mi ritual para el aseo, lo rondaba como en busca de un secreto, de algo que yo guardaba que él discretamente habría de descubrir. Las visitas al baño se hicieron más esporádicas e imprevistas para que papá no se enterara de mis callados gemidos, de las lágrimas que me bebía por el insoportable dolor que me salía de entre las piernas. Algo se imaginaba, algo se descifraba en la sonrisa cómplice de mi padre.

Mamá en cambio siempre fue más directa en su acercamiento. Las sutilezas no eran parte de su envergadura emocional. Nos recordaba siempre que había nacido en la noche de San Ciprián y que ese terrible huracán que devastó la isla, se le había quedado por dentro por el resto de sus días. Todo lo calculaba, lo medía, lo tasaba. De ella no se escapaban los olores y los sabores. Todo quedaba escudriñado, examinado, vertido y revertido. Fue hija de comerciantes y no perdía el tiempo con regodeos,—al pan pan y al vino vino—decía ella cuando quería hablar bien claro,—y tú, ¿por qué pasas tanto tiempo en el baño y por qué te ha dado ahora con lavar los calzoncillos?

La respuesta fue un rotundo silencio.

Días después los dos amanecieron con la misma sonrisa. La sonrisa inviolable, la que no se permitía ser descifrada. Mi padre de poco hablar y mucho decir se acercó y me susurró al oído,—hijo a veces hay que hacerse hombre y no siempre es cuando se quiere-. Las palabras sonaron a sentencia. Habían descubierto el secreto, la íntima agonía de mi sufrimiento estaba expuesta sin que supiese yo adonde me llevaría.

El día que me tocó morir jugaba damas con mi hermana. Ella con un deseo obvio de dejarse ganar no convencía en su actuación. Siempre reñíamos por cada movida, acusándonos de trampas inventadas en nuestra loca imaginación, todo para construir el ardid de la victoria. Ese día noté que por contagio o pena llevaba la misma sonrisa de mis padres. Evitaba la discusión y se comportaba de una manera exageradamente bondadosa. El silencio aprendido de mi padre no me permitía hacerle la pregunta, a ella la que todo lo sabía, la que para todo tenía una respuesta. La curiosidad ganó la partida y me envalentoné.

-¿Me va a doler?

-¿Qué cosa te va a doler?

-¿Me va a doler la muerte?

-Papá nunca me contó si le dolió o no.

-¿Seré el mismo?

-Dicen que después de la muerte naces hombre, no sé.

-¿Y de qué moriré?

-Vas a morir de lo que morimos todos, morirás de la muerte.

Nunca comprendí por qué me vistieron de domingo para conocer la muerte. Mamá se regocijaba verme vestido de blanco. Una alegría se le apoderaba del cuerpo y me vestía con el afán de como quien va a ver el Papa. Los pantalones cortos que tanto odiaba los combinaba con una camisa de hilo blanco que remataba con unos zapatos del mismo color. Lo mejor del ritual era llegar a usar la colonia de papá, oler a él era un privilegio que se daba en muy pocas y contadas ocasiones.—Ese es mi macho—solía decir después de vestirme con todo el esmero como una de las muñecas de mi hermana.

Papá con una mano muy firme se agarró de la mía y con una voz que parecía venir de muy lejos me dijo—vámonos a hacernos hombres-. La tosquedad guajira le regresó a su rostro y la sonrisa que tanto me intrigaba desapareció. En el transcurso del viaje no me dirigió la palabra y parecía que iba tragando nudos de acero.

Al llegar, esperamos pacientemente en una sala donde entraba y salía gente con unas caras muy tristes. Noté que algunas personas que iban de blanco como yo me miraban con curiosidad, acaso complicidad. Una de ellas se acercó a nosotros y muy solemnemente nos dijo—el señor doctor está listo para él-. Papá me apretó la mano más fuerte que nunca, al punto de casi lastimarme.

Todo fue tan rápido y tan lento. Las señoras en blanco comenzaron a desvestirme mientras el señor doctor se ponía unas telas que le cubrían el rostro. Otro se acercó con un plato cubierto de tijeritas y extraños cuchillos. Comencé a llorar. Ya desnudo me treparon sobre una mesa metálica fría donde me abrieron las piernas de par en par, que fueron amarradas con unas correas para asegurarse de que no me fuera a mover. Escuché cuando el señor de la máscara le dijo a papá—esto es cuestión de rutina y se hace despierto-. Mis gritos comenzaron a zumbar por las cuatro esquinas.—Te odio papá, te odio papá.

El primer corte fue el más que dolió. Mis lágrimas y mis gritos no daban abasto para expresar el dolor y la humillación que sentía. Escupía al doctor mientras éste cortaba y cortaba sin parar mis adentros. Cada corte profundizaba más en el dolor. Papá sudaba y se mordía los labios mientras yo le gritaba a todo pulmón—papá sácame de aquí, seré bueno, seré bueno.

El viaje al infierno no terminaba. El tiempo se quedó estancado en aquel cuarto. Cuando escuché al doctor decir—aguja—el mundo se quebrantó en millones de pedazos. Mi cuerpo mojado en sudor ya no encontraba lágrimas o gritos que aplacaran el dolor. Ya rendido ante el desgaste sólo podía llorar sin cesar mientras aquella aguja perforaba la piel ensangrentada.

La pesadilla de conocer la muerte terminó con un baño. Las mujeres en blanco invadieron mis adentros con un alcohol que quemaba lo más recóndito de mi debilitado cuerpo. Me vistieron en el traje blanco de domingo y fui instruido a que caminara con las piernas bien abiertas para que no sintiera el dolor post-operatorio.—A éste se lo pueden llevar. Ya podrá hacer familia y gozar la vida. Me lo traen al mes para cortarle los puntos.

Gozar la vida. Mi padre me cargó entre sus brazos con el cuidado de una paloma herida. Comencé a sangrar levemente. Una fina línea roja se iba marcando en los pantalones blancos. Gozar la vida. El goteo rojo comenzó a humedecer el brazo de mi padre. Observé como su frente sudaba, los ojos iban estancados en un gran pozo de agua. Gozar la vida. Los brazos le temblaban de una forma extraña. Apenas llevaba bien el paso. Yo, sumido en el dolor, sentía que algo se desvanecía, algo se moría por dentro. Intenté buscar la sonrisa cómplice de mi padre que habría de incluirme en la maravilla de su mundo, en el placer prometido de hacerme hombre, de sentir la enorme puerta que se abriría ante la vida.

LA BASURA

El día que llovió basura acabábamos de llegar de Puerto Rico. Mami como siempre encantada de comenzar sus nuevos negocios, ya que representarían regresar a la isla después de arduos años de trabajo. Se fijó una meta clara,—Nene, después de que trabaje y trabaje duro, en menos de tres años estamos de vuelta-. Parecía tener que justificarse constantemente al tener que repetirle la misma frase a mi hermana, pero con una variante,—Nena no te preocupes, no llores, que esto no es para largo-. Mi hermana venía llorando desde el avión y hasta gritos se le salieron,—¡Lo odio, lo odio, lo odio con todas mis fuerzas!

Mi padre que no se atrevía a mirarnos, se encerró en su culpa y por los años restantes no nos volvió a mirar a los ojos. Siempre tuvo debilidad por las mujeres. Desde Cuba ya lo apodaban el pony cerrero porque se pasaba saltando de yegua en yegua. Él con todo su orgullo de macho guapo se jactaba de todas las conquistas logradas durante la época de su soltería. Le costó sentar cabeza los primeros años del matrimonio y después . . . a cabalgar nuevamente. La última en la cabalgata se llamó Lydia. La bien querida conocía perfectamente las artes de la seducción y había logrado domesticar al pony, al punto de sacarle el último centavo que poseía la familia.

El entusiasmo no le permitió a mi madre ver el lugar a donde habíamos llegado. Era un edificio decrépito en una calle colmada de drogadictos y traficantes armados hasta los dientes. Las puertecillas de los buzones habían sido forzadas dejando al descubierto cualquier cheque del welfare que llegase. Eso explicaba porque cada lunes se reunían todas las welferianas a la entrada del edificio esperando al amado Don Wilfre, como solían llamarle al que bien las mantenía. El pasillo era un largo túnel hediondo a orín, alumbrado en el centro por una pequeña bombilla que prestaba luz sobre la pequeña circunferencia del mismo. Al entrar en ese túnel del tiempo se volvía actor la posible víctima. Se corría desde la entrada hasta el halo de luz, ya debajo de éste no se divisaba nada a los lados, era estar en escenario, cegado por la luz y expuesto por la oscuridad. La puerta al apartamento era una gran construcción de latón a prueba de ladrones.

El apartamento era mágico. Al entrar en él todo se llenaba de luz a causa de las grandes ventanas halladas en los tres cuartos. El cuarto central era cocina comedor bañera. Nos divertía saber que bastaba con quitar la enorme tapa que cubría la bañera y ésta se transformaba de mesa a fuente de aseo. Comíamos y nos bañábamos en el mismo cuarto y desde allí podíamos saltar a nuestro dormitorio para ver a Batman o a la sala recámara de mis padres para ver la basura llover. Desde las enormes ventanas divisábamos el pequeño patio que con apenas seis pies de profundidad se sumía debajo de nuestro balcón. El patio estaba lleno de basura y faltaban algunos tres pies para que nos alcanzara. Era como ver una piscina llenarse, no de agua, de basura.

El uso primario y principal del balcón era por si ocurría un incendio, pero nuestros vecinos gustaban de solearse, volar chiringas, tomarse sus cervezas y de vez en cuando hacer el amor. Preferían las horas nocturnas cuando ellos pensaban que ya todos dormían. Claro que se enteraba todo el vecindario de los shows en carne viva, especialmente cuando los protagonistas se daban por gritar y gemir como si estuvieran en sus propias camas. Al ocurrir esto les tiraban baldes de agua fría y rápidamente se les bajaba el calentón.

Nuestros vecinos llevaban una vida agitada. Desde sus balcones llovían condones, agujas ensangrentadas, latas, pepsi cola, kotex, pampers reusados, cajas de cherrios, bolitas de sangre en bolsa, carne guisada, pasteles, arroz con pollo, productos Goya, Don Q, discos de Daniel Santos, de La Lupe, Olga Guillot, cartas de amor, TV dinners, lechuga, tomate, aguacate, poemas, lápices, fotografías de personas extrañas, revistas de gente desnuda en posiciones extrañas, cigarrillos, ceniceros, Colgate, peinillas, hair spray, jabón, jamón, cartón, salchichón, perros, gatos, pajaritos, Buen Hogar, Vanidades, juguetes, muñecas, penes plásticos, saliva, salsa, ajo, cebolla, perejil, queso, cucarachas y muchas ratas, muchas ratas vivas nadando en ese mar de basura. Muchas veces adivinábamos lo que hacían por lo que llovía. Cáscaras de huevos, lata Carnation, azúcar—cocinaban flan. Fotografías, cigarrillos, botellas—comenzaba la pelea.

No nos gustó nada el día que a nuestros padres se les ocurrió la horrible idea de que era el momento de iniciarse en las clases. Eso representaba tener que instruirse en inglés, lengua que desconocíamos por completo. El primer día fue una tortura. Escuchamos a la profesora de inglés hablar de un tal Othello, que si era negro igual que nosotros los puertorriqueños y demás negros de la clase, que el pobrecito no sabía que quería de la vida y la clase alzada tirándole papeles, tizas y borradores a la muy blanca maestra.

El maestro de español era un chino que le costaba un enorme trabajo pronunciar nuestros apellidos llenos de eres. Ese día se empeñó en enseñarnos el abecedario y no logramos convencerle que eso ya lo habíamos aprendido muchos años atrás. Después de las clases básicas nos mandaron a los respectivos talleres de acuerdo a nuestras nacionalidades, los asiáticos a los laboratorios, los negros a mecánica y los puertorriqueños a carpintería. Pasé tres horas aprendiendo como hacer un colgador de corbatas. Al regalárselo a mi padre, me miró con una curiosidad sonriente, no se explicaba como lograron sacar de mí, un comelibros, aquel artefacto tan inservible.

Saliendo de la escuela en ese nuestro primer día, mi hermana notó que un hombre nos seguía. Apresuramos el paso y desviándonos de nuestra ruta, logramos desaparecer de su vista. Al llegar a nuestro edificio una de las señoras welferianas esperaba pacientemente al cartero. Eso de algún modo alivió nuestro miedo. Ya listos para entrar al pasillo que conocíamos como el túnel del tiempo, "entras hoy pero no sales mañana", la señora se apresuró a detenernos,—no entren que hay un tipo que lleva un rato metido en el pasillo, no sé si se la está inyectando o esperándolos a ustedes-. Efectivamente, al describirnos el tipo, resultó ser el mismo que nos venía siguiendo. Mi hermana que ya estaba metida en la pubertad, le entró el pánico de que la cosa sería con ella. No pudimos disuadirla y por poco comienza sus bien conocidos ataques de llantos.

Ya oscurecía cuando nuestra protectora se decidió entrar sola al pasillo. Quería asegurarse que aquello andaba sin peligro. Salió con una sonrisa no muy convincente,—parece que ése se fue por el rufo, porque no se le ve ni en pintura-. Un poco calmados llegamos hasta la puerta en compañía de la señora y abriendo los cuatro candados, entramos a la magia del apartamento que creíamos seguro. Ella se despidió con la sonrisa ya borrada, nosotros se lo achacamos al cansancio de tener que esperar tanto tiempo con nosotros afuera.

Al entrar escuchamos unos ruidos, pero rápidamente nos acordamos que aquí llovía basura y que debían ser unas latas cayendo en el patio. De tanto nerviosismo no encontrábamos el interruptor de luz. Cuando por fin dimos con él, la luz nos hizo ver un piso blanco salpicado de ratas corriendo como locas por todas partes. Nuestro primer instinto fue treparnos sobre la mesa bañera y mirar con horror aquel espectáculo. Mi hermana me señaló que mirara hacia la ventana y efectivamente la basura ya había alcanzado nuestro balcón.

Ahora éramos parte de todo este desperdicio. A nuestro alrededor se acumulaba la inmundicia ajena, botellas, excremento, plástico, lodazal, carne podrida, cristales rotos, y un mar de objetos que habían perdido forma y sentido. Entre la basura que colgaba del balcón, logramos ver unas largas piernas que se contraían en fuerza tratando de abrir la enorme ventana que apenas nos separaba del basurero. Reconocimos la cara de aquél que nos había perseguido. Mi hermana me miró desesperadamente como si su vida terminase allí. En su mirada vi el terror del que será asediado por una invasión extraña. Aquella pesadilla enmudeció el aire y sólo se escuchaba los gemidos de mi hermana en aumento, su ahogada voz en llanto que en letanía morbosa gritaba,—lo odio, lo odio, lo odio.

LA BOLSA DEL PLACER

Cuando me despierto en la noche puedo ver desde mi oscuro rincón las enormes ratas nadando en el lapachero. Al principio me causaron pavor porque me recordaron de la vez que sentimos sus miles de piececitos sobre nuestros cuerpos. Aquello nos pasó por lo del cumpleaños de la rechonchita. Esa idea de Pachín de ponernos a espiar las fiestas que prometen.

Llevábamos todo el día buscando comida en los basureros hasta que por fin dimos con un familión celebrando un pasadía con harta comida. Los platos se desbordaban con tacos, enchiladas, ensaladas, carnes, frijoles y cantidad sobrada de tortillas. Supimos de inmediato que allí la comida sobraría, que las bolsas plásticas se llenarían de esa comida familiar tan gustosa. Sería cuestión de esperar. Le cantaron las mañanitas a la niña gordita con cachetes color melón y vimos el pastel rosado colmado de fresas y crema, coronado con una muñequita plástica que se parecía a la niña. Ese día nos pondríamos las botas.

Al rato la piñata explotó después que un niño fuertote y grandotote le dio tremendo golpe al burrito de papel azul y a la niña que se encontraba cerca. La niña lloraba a todo pulmón mientras los demás niños corrían como locos a buscar sus dulces. Nosotros íbamos ubicando aquellos dulces que rebotaban lejos de las miradas feroces para luego recogerlos de los lugares precisos en donde habían caído. Nuestras tripas iban dando tumbos cuando por fin se decidió el familión despedirse de las amistades y los invitados.

La despedida duró casi más que la fiesta, por lo menos así lo sentían los relojes de nuestros estómagos. Nuestra alegría se colmó cuando vimos que Doña Limpieza, toda fiesta tiene una, tiraba los platos de papel con la comida intacta a la bolsa, no los vació en otra bolsa ni nada por el estilo. La comida estaría servida, sería cuestión de sacarla de la bolsa y a comer se ha dicho. Al irse la familia, sacamos con cuidado tres o cuatro platos y empezamos a saborear aquellas sobras que tan bien sabían después de días sin comer.

Sobró bastante comida y fue idea del Pachín de llevárnosla esa misma noche al túnel. Tuvimos que aguardar que los otros se fueran, cosa que no dieran con el tesoro que habíamos encontrado, comida para por lo menos tres días. Ya para entonces conocía yo las ratas, pero de lejos, había aprendido a esquivarlas, buscarles la vuelta, sin meterme demasiado en este mundo subterráneo que también les pertenecía. Pachín pensó que el mejor lugar para cuidar la comida sería tenerla de cabecera, cosa que si se acercaban los otros ya los podríamos atrapar. Así fue como nos recostamos y colocamos la bolsa casi sobre nuestras cabezas.

La noche ya estaba entrada y las panzas llenas y por lo tanto nos entró el maldito sueño. Eso de dormir no conviene en este mundo. Cuando nos dormíamos en el otro alcantarillado siempre nos pasaba algo que nos acercaba más a la muerte. En el alcantarillado de los Coyotes a Pachín se le ocurrió dormirse y nos dieron tremenda paliza los que de allí se habían adueñado. Estuvimos sangrando un par de días y a mí no me cicatrizaba la cara. El tajo que me habían dado me cubría medio cachete y parecía una de esas medias lunas que se aparecen en las noches donde todo está a medio iluminar.

No entrado bien el sueño comencé a sentir un cosquilleo en la planta del pie. No le presté atención pensando que nuevamente sería Pachín con una de sus sandeces y cerré los ojos para que aquel sueño indebido llegara. Luego sentí un bulto pesado plantarse en las nalgas. Desde allí comenzó a emitir sonidos extraños como si estuviera comunicándose con una tropa. Aquel acto me paralizó, intenté moverme y el pánico no me permitía respirar. Pensé en la última paliza que nos habían dado, en mi cara cortada, en las muchas que serían. El Pachín dormía a pata estirá. No había manera de saber cuántas ratas se encontraban sobre su cuerpo. De soslayo pude ver una rata que le escarbaba la nariz. Los dientes afilados se engomaban con lo que sacaba de los orificios nasales de Pachín. No lograba sacar voz de mi garganta, ni un grito, ni un aullido. Me espantaba de mi espanto.

Ahora sentía unas quince ratas subiendo y bajando por el costado de mi espalda. La bolsa ya había sido rota y de ella sustraían el tesoro de la fiesta que habíamos espiado. Sentía sus pezuñas rasgar mi cara, entrar en la piel del cuero cabelludo. Mi cuerpo inmóvil se había vuelto la carretera hacia su alimento. Algunas eran tan largas y gordas que apenas podían con su cuerpo y se sentía la lentitud con que llevaban su peso hacia la bolsa. Y Pachín muerto en su sueño, roncando como si aquello no estuviese pasando. Su boca abierta por el ronquido, era parada necesaria para las que por allí pasaban. Intenté gritar pero el miedo paralizaba todo intento de poder salvarme.

Ya había visto una niña en el túnel morir de rabia. La chamaca la mordió una rata el primer día que entró al alcantarillado. Había huido de su familia porque quedó preñada de uno de los chamacos del barrio. No pudo bregar con la vergüenza de ser señalada y se metió aquí con nosotros. Al principio se le vio muy valentona, pero horas después la pobre tiritaba de miedo y frío como si la hubieran transportado al peor de sus sueños. Su cuerpo se rindió rápidamente a la enfermedad y a los pocos días la agarró la muerte con su pancita de madre que se le notaba ya.

Aquel rostro en agonía se pintaba en mi memoria mientras las patitas de las ratas corrían rápidamente sobre mi espalda. Pachín, despierta, Pachín, me repetía en el silencio de la mente. Al parecer todo el sueño del mundo se empozó sobre mi cuate, cuando noté que éste abrió un ojo y me guiñó una señal de alerta. Ya teníamos nuestras señales secretas y ésta significaba a correr como locos cueste lo que cueste. A la segunda guiñada saltamos como monstruos furiosos en un galopar desenfrenado que pareció espantar a las decenas de ratas que caían de nuestros cuerpos.

Ahora todas las noches las observo desde mi rincón oscuro. Las veo chapotear y rabiar unas sobre las otras. Las oigo zumbarse unas maldiciones milenarias. Hasta gracia me han causado. He aprendido a dormir despierto, a nadar en el silencio del alcantarillado, a oler comida en el vacío de la nada. A percibir con mis pequeños ojitos la llegada en la oscuridad de la otra manada.

BUENOS DÍAS COMENSAL

Todos los días llegaba allí para desayunar. La parada, una caja de cristal futurística le servía de comedor público entre los once esperantes que se apretujaban para esperar el autobús. Se acomodaba discretamente entre los usuarios asegurándose de que todo ojo fuera a caer sobre su persona. De no haber el espacio estratégico se sentaba en el suelo y mirándonos de frente comenzaba el ritual del comensal. Depositaba su mirada en cada uno de nosotros, fijándose atentamente en cualquier contorsión facial que confesara un desagrado. Con sumo cuidado, pelaba su plátano maduro, lo depositaba a su lado y luego abría con lentitud felina su lata de comida genérica para gatos.

Cada día resultaba de un sabor distinto, pero los lunes siempre se deleitaba en la de atún, los miércoles en la de pollo y los viernes en la de la variedad mixta. El olor recalcitrante permeaba el cubículo de espera y todo el espacio se volvía de una peste hedionda que sólo se aminoraba cuando algún viento frío nos socorría o alguna que otra señora sacaba su frasco de perfume, disimulando que era hora de retocarse con su fragancia predilecta. En ocasiones contadas ya algún usuario fumaba antes de su llegada permitiendo que los vahos se difuminaran un tanto. Esto irritaba su Karma de sobremanera, ya que chocaba con el ritual de su costumbre matutina.

Primero olfateaba los humos de la carne molida como animal que intenta asegurarse de lo que come. Era un tipo de degustación carnívora, un saborearse el aire antes de meterle el diente a lo gustoso de la carne. Luego de bien olidos los vapores, se bebía el jugo con tal succión que la ponderación de los sonidos llegaba a la parada de enfrente donde los futuros pasajeros paraban los oídos-radares para enterarse del estruendo. Ahora su dedo meñique se encargaría del resto. Afilaba éste despuntado cualquier posible filo de uña que quedase, chupándoselo bien, limpiando todo residuo restante de la uña, cosa que el dedito quedara como limpia cucharilla humana. Escarbaba pequeñas porciones que iban directamente a la lengua donde continuaba la catación y exacto conocimiento de lo que comía. Se relamía en su gusto y de vez en cuando sonreía a sus espectadores mostrando su boca mellada cubierta de gránulos que rehusaban disolverse. En ese momento se atragantaba un pedazo del plátano pasado de su madurez para bajar lo restante de la comida felina.

Aquel deleite culinario se cerraba con una pesquisa detallada del latón de basura cercano, su paraíso de víveres gratis, a ver que se hallaba: una lata de refrescos a medio terminar—a bajarla se ha dicho, una bolsa con dos papitas—a ver si siguen crujientes, servilletas poco usadas para después, colillas de cigarrillos que un humazo se le habrá de sacar, latas, latas y más latas, una cucaracha, unas abejas pero ya no pican, hormigas . . . hormigas . . . hormigas, envolturas plásticas, botellas, periódicos—la sección de buen hogar siempre resulta interesante, latas y más latas y al fondo divisa algo. ¿Qué es esto? El pequeño milagro del día, una lata de atún apenas comenzada—y de las marcas finas. La envuelve cuidadosamente en una de las envolturas plásticas y con la sonrisa más amplia del mundo se despide de nosotros con sus buenos días y un hasta mañana.

DESFILE PUERTORRIQUEÑO

ESTIMADOS RADIOESCUCHAS, TELEVIDENTES Y DEMÁS DIGNOS TRANSEÚNTES DE ESTE MAGNO DESFILE PUERTORRIQUEÑO, LES ANUNCIO YO, PEPE DE LA GRAN PEÑA, SU MUY AGRADECIDO Y BIEN VISTO LOCUTOR, QUE HA CESADO LA LLUVIA Y SE VE UN RAYITO DE SOL. DESPUÉS DE TODO QUERIDÍSIMO Y ATENTO PÚBLICO HABRÁ DESFILE BORICUA EN ESTA HERMOSISISÍSIMA CIUDAD DE LOS RASCACIELOS. GRACIAS OH GRAN OMNIPOTENTE PATER REY DE LOS CIELOS POR HABER CERRADO LAS PUERTAS DEL CONGOJO CELESTIAL. PARECE QUE SE DESPEJA EL FIRMAMENTO Y SE INICIA ESTE MAGNÁNIMO DESFILE NADA MÁS Y NADA MENOS QUE CON EL HIMNO NACIONAL NORTEAMERICANO, TOCADO POR LA BANDA DE LA ROBERTO CLEMENTE HIGH SCHOOL, ATENAS DEL SABER BILINGÜE PUERTORRISENSE DE NUESTRA AMADA CIUDAD. CON QUE EJECUCIÓN Y TEMPO SE VA MELODIANDO EL CANTO ÉPICO DE LA NACIÓN QUE NOS HA PROTEGIDO EN LOS BUENOS Y EN LOS MALOS TIEMPOS, AHORA CLEMENTE HIGH LO TOCA CON VASTO ORGULLO Y MARCHAN CON UNA SOLEMNIDAD ADMIRABLE.

CUANTA BELLEZA PUERTORRIQUEÑA VA DESFILANDO POR ESTAS PLATEADAS CALLES CITADINAS, AQUÍ ANTE NOSOTROS, LA PRENSA, LOS JUECES Y DEMÁS BIEN ENCUMBRADOS, LA REINA MISS CLEMENTE HIGH SE PASEA LUCIENDO EL ÚLTIMO MODELO DEL DESTACADO DISEÑADOR OSVALDO DE LAS PESAS. QUÉ MAJESTUOSA, ELEGANTÍSIMA, VA EMPAPADA POR LA LLUVIA, PERO ELLA ENMUTADA, COMO SI NADA, TANTO GALBO SEÑORAS Y SEÑORES, LES DIGO QUE SOMOS TODA NOBLEZA, TODA NOBLEZA.

-Mira mano, esa jeba me la eché en el mueve que te mueve del bembé de anoche, oye bro cómo me la gocé.

-Dicen que iba más embalá que un cohete sin freno por aquello del spanish fly y el spanish viene.

-Ni papa se le entendía por la maría y por la juana, que si el pae tenía tres pesos y conexión política, que por eso desfilaba. Yo acá no me como ese cuento.

-Mírala como va de trepá, ni te echa el ojo, como si no te hubiera conocido.

-Ay mamita, quien te ve, quien te conoce . . . ayer era otro tu reino.

SEGUIDA Y NO EN MENOS JERARQUÍA MONÁRQUICA VA LA SEÑORITA RUMBERA DEL SABOR BAILANDO NUESTRA INCONFUNDIBLE SALSA QUE YA HA ALCANZADO LOS ÁMBITOS INTERNACIONALES DEL RITMO. ¿DÓNDE NO SE ESCUCHA LA SALSA? PARÍS, MUNICH, ESTOCOLMO, BARCELONA, TOKIO, SÍ SEÑORES HASTA EN JAPONÉS NOS TOCAN LA

CLAVE. OBSERVEN LA DELICADEZA, EL CONTORNO CON QUE SE MUEVE LA CADERA PARA AQUÍ Y PARA ALLÁ Y TODO ESTO AUSPICIADO POR JEWEL FOOD STORES EL SUPER DE LOS LATINOS DONDE PODRÁ USTED ENCONTRAR LAS MEJORES CARNES PARA EL DELEITE APETITOSO DEL BUEN DIENTE DE SU MARIDO.

> Qué bonita bandera, qué bonita bandera,
> qué bonita bandera eh la bandera pueltorrriqueña,
> ma bonita sería, ma bonita sería,
> ma bonita sería si aquí no la escupieran.

-Ya te lo venía diciendo yo que a esta gente no se le puede sacar en público, mira aquél como se seca los mocos con la bandera. ¡Qué asco! ¡Qué horror!

-Qué bonita bandera, qué bonita bandera

-Que te digo que esto es el colmo de la indecencia, mira como aquella tipa se seca sus partes más íntimas y púdicas con lo que queda de la bandera. ¡Qué asco! ¡Qué horror!

> Qué bonita bandera, qué bonita bandera,
> qué bonita bandera eh la bandera pueltorrriqueña.

Y TODO EL PUEBLO SE VISTE DE SU BANDERA, LA TRICOLOR, LA SOLITARIA, LA INMACULADA, VIVA PUERTO RICO SEÑORES Y ESTE HERMOSÍSIMO LIENZO QUE LLEVA NUESTRA SUPREMA INSIGNIA COMO PUEBLO VALEROSO Y LUCHADOR DE TODOS LOS TIEMPOS. VIVAN NUESTRAS MISS UNIVERSOS,

UNA, DOS Y TRES QUE CON TESÓN LLEVARON SU BELLEZA Y LA DE SU PUEBLO EN ESTA TELA REPRESENTATIVA DE LA NACIÓN BORICUA.

-Tanta bandera mano, que chévere, que jolgorio y tú que no querías ni venir.

-No joda, mira como aquel tipo la lleva en la parte de atrás de los calzones, y aquel otro pintá en los calzoncillos.

-Ese otro parece que lleva frío porque va to arropao con ella.

-Guachéate ese cojonú que hasta la cara se la pintó y la estrella la lleva en la mismita sopladera.

-Gringa chula, kiss me i'm puerto rican, que felicidad, mamita no te me vayas así con la trompa alzá, i'm all yours, todito tuyo, puertorican for one day.

¡QUÉ REGIO ESPLENDOR QUERIDÍSIMA Y RESPETADA TELEAUDIENCIA! LA CIUDAD SE COLMA DE ALEGRÍA PARA RECIBIR LAS AUTÉNTICAS BELLEZAS DE LA ISLA DEL ENCANTO. DESDE EL HISTÓRICO CASTILLO SAN FELIPE DEL MORRO NOS SALUDAN LAS TRES PRINCESAS CON SUS INIGUALABLES Y CAUTIVANTES SONRISAS.

VAN REPRESENTADAS LAS MUY NOBLES CIUDADES COSTERAS: EN ROJO RUBÍ ENCANDECENTE LA SIEMPRE APASIONADA CIUDAD DE SAN JUAN, EN UN VAPOROSO CHIFÓN DORADO LA PERLÍSIMA CIUDAD DE PONCE Y COMPLETANDO EL ARCA DE PRECIOSIDADES, LA MAGNA Y SULTANA CIUDAD DEL OESTE, MAYAGÜEZ EN SU LAME PLATEADO SALPICADO DE PEQUEÑOS BRILLANTES.

-Ay coño, como me duelen los pies de tanto estar parada y todo esto para complacer a papi; porque si no, no me dan el Ferrari.

-Sonríete nena sonríete, que para eso pagamos un dineral, para treparte allá arriba en tu palacio de cristal, para que esta inculta plebe sepa que ya somos más de acá que de allá.

-Detesto este horrible castillo de cartón, ¿a quién se le ocurre montar este increíble adefesio y tener que sonreír como si realmente me gustara estar subida acá arriba?

-Sonríete amiga sonríe, que somos la total belleza de verdad, mira como estos jíbaros se quedan boquiabiertos, ¿no te encanta? Somos lo mejor de Colgate, Palmolive y Fresh Star.

-Somos toda nobleza, ya lo repitió el locutor, sonríe amiga sonríe, finge que eso nos viene fácil.

Y ANTE TODO AMABLES ESPECTADORES—SER BILINGÜE. SÍ MI QUERIDO PÚBLICO, HAY QUE TENER COMPLETO DOMINIO DE ESAS DOS GRANDES LENGUAS QUE SON EL INGLÉS Y EL ESPAÑOL. ESTO NOS HABRÁ DE LLEVAR AL PROGRESO, A LA DICHA Y A ESA PAZ QUE TANTO DESEAMOS. EL INGLÉS ES YOUR FUTURE Y COMO BIEN LO ANUNCIA LA CARROZA DE LOS EDUCADORES PUERTORRIQUEÑOS CON SU INMENSA ESTATUA DE LA LIBERTAD PORTANDO UN LIBRO QUE LEE STUDY ENGLISH TODAY BE HAPPY TOMORROW. LES CUENTO QUE NADA, NADA COMO DELEITARSE BIEN EN DOS LENGUAS.

-¿Completastes la aplicación del board que tanto te excitaba?

-Fíjate no me dieron el chanse y que porque no sabía hablar o espeliar bueno la idioma. Jasta me dejeron que no conocía bien la populación studiantil de esa zona. Dispués que me quemé las pestañas cuatro anos en el college.

-Yo creo que la problema fue que no tuvistes naiden que te puchara para esa posición.

-No, si yo hice mi networking, si hasta lonché con el mister mandamás.

-Don't you worry, le doy un ringazo y a pichar se ha dicho.

Y A QUE PUERTORRIQUEÑO NO LE GUSTA SU BUENA CERVEZA, ESPECIALMENTE SI ES UNA BUD LIGHT, LA CERVEZA DE LOS LATINOS EN LOS ESTADOS UNIDOS. LA ORGULLOSA AUSPICIADORA DE LAS BECAS PARA NUESTROS FUTUROS INTELECTUALES Y CIENTÍFICOS, COMO BUD NO HAY OTRA IGUAL. EN SUS FIESTAS, BAUTISOS, BODAS, ANIVERSARIOS, COMPROMISOS, QUINCEAÑERAS, CONFIRMACIONES, COMUNIONES, REUNIONES, GRADUACIONES, CUMPLEAÑOS, PARRANDAS, ASALTOS, VIERNES SOCIALES, EXCURCIONES, DÍA DE LA RAZA, DE LA CONSTITUCIÓN, DÍA DE LA INDEPENDENCIA, DEL ESTADO LIBRE SOCIADO, DÍA DE LOS PRESIDENTES, DE LA SECRETARIA, DE LOS MAESTROS, Y HOY EN EL GRAN DÍA DEL DESFILE DE PUERTO RICO—NO LE PUEDE FALTAR LA FRÍA—QUE LE RECUERDA QUE SIEMPRE ES HORA DE GOZAR, Y GOZAR Y GOZAR MÁS.

-Oye que te hago el cuento del borrachito que veía visiones después de la cuarta bud lite . . .

-Suelta, para ver si me lo conozco.

-Un borrachito que va caminando por la parada puertorriqueña se encuentra un gargajo en el suelo y dice—¡ay Dios mío pero que medallón de oro más bonito!—y cuando va a cogerlo . . . dice lleno de sorpresa,—¡ay mira si hasta una cadena tiene!

-Mira que lo de vulgar no se te quita, a ver si con esos policías que vienen por allí se te mete la decencia encima aunque sea de ratito.

EN ESTE LUCIDO DESFILE NO PODÍAN FALTAR LA POLICÍA PUERTORRIQUEÑA NI EL CUERPO DE BOMBEROS BORICUAS. ELLOS PRESENTES EN LAS ENREDADAS, AMOTINAMIENTOS, CONFRONTACIONES CALLEJERAS, DESAVENENCIAS DOMÉSTICAS, TIROTEOS, Y DEMÁS CRÍMENES MENORES DONDE SUELEN HACER DESPLIEGUE DE SU SOFISTICADO ENTRENAMIENTO, PERO NO ES QUE ESTO OCURRA MUCHO EN LA COMUNIDAD, POR EL CONTRARIO, CONTADAS SON LAS VECES, PORQUE NO HABREMOS DE HABLAR DE COSAS NEGATIVAS EN ESTE DESFILE. PORQUE SÍ SEÑORES Y SEÑORAS Y DAMITAS PRESENTES—HAY NOBLES POLICÍAS Y BOMBEROS BORICUAS AQUÍ EN LOS UNITED STATES OF AMERICA. ¡QUÉ ORGULLO PARA LA PATRIA! MIREN SEÑORES COMO NUESTROS BOMBEROS VIENEN BAILANDO LA PLENA, MIREN COMO TOCAN ESA CONGA, ¡QUÉ COSA MÁS GRANDE!

-Ay papi a que no me apagas el fuego.

Cuando las mujeres
cucan a los hombres
muestran mucha teta
y se las meten
por los cojones

-Ay papi que vulgar, si yo lo que quiero es que me apagues el fuego y me esposes así . . . suavecito.

Desesperá, Desesperá
¿qué será de esa mujer
cuando llegue el pingazal?

DENTRO DE NUESTRA BIEN CIVILIZADA COMUNIDAD REINA LA ARMONÍA FINANCIERA DONDE EL DÓLAR NO FALTA Y LOS SUSTANCIOSOS CHEQUES SIEMPRE ESTÁN A LA VISTA. CLARO GRACIAS A LA COLONIAL MORTGAGE BANKER QUE ANTE NOSOTROS SE PRESENTAN EN SU COMITIVA DE CLUB PUERTO RICAN CHAMBER OF COMMERCE, DISTINGUIDOS Y HONRADOS COMPATRIOTAS DE LOS MEJORES NEGOCIOS QUE SE ENORGULLECEN EN DECIRLES—**AQUÍ SÍ, AQUÍ SÍ LES ACEPTAMOS LOS CUPONES.**

-Ay mija si no fuera por los cupones estaría yo bien jodía, con cinco bocas que alimentar y ese marido mío que es un mandulete que no da ni un tajo aunque lo maten.

-Oye chica tú no sabe lo que daría yo por regresarme a la isla, pero tú te conoce el refrán, Puerto Rico me encanta pero el welfare me aguanta.

-Pero la verdad que tú eres bien zángana, para que regresar a la isla si la cosa está peor allá, que si el crimen, la droga, el sida, el desempleo, la sequía, las inundaciones, los tapones, la corrupción, las gangas, la contaminación . . . ¡Hay, ni loca! ¿Tú no lees El Vocero? . . . pero que inculta eres.

-Ay bendito pero no hay nada como la patria mija: las playas, las montañas, la gente, la comida . . .

-Las playas están contaminadas, sucias y llenas de petróleo, las montañas eliminadas para construir carreteras y urbanizaciones y eso de la gente, está todita encerrada y ni se le ven los pelos por aquello del crimen, burra te digo que leas El Vocero, ilústrate amiga.

¡MIS COLEGAS, MIS COLEGAS! SÍ SEÑORES AQUÍ DESFILAN ANTE USTEDES LOS DIFERENTES CANALES TELEVISIVOS Y LA COMITIVA ES PRESIDIDA NADA MENOS QUE POR LOS REPORTEROS DE SU CANAL 44, EL CANAL DE LA HISPANIDAD, EL CANAL DE LA FELICIDAD. PORQUE EN LAS NOTICIAS TODO ES FELICIDAD EN NUESTRO BELLO PUERTO RICO: PRÓXIMA CONVENCIÓN INTERNACIONAL DE ALCALDES, LA NUEVA MISS UNIVERSO, RECIÉN AUMENTOS DE LOS SALARIOS GUBERNAMENTALES, MISS PR INTERNACIONAL GANA EN ESTOCOLMO, UNA ESTADIDAD QUE CASI NOS VIENE SEGURA, MÁS PROGRAMAS ERÓTICOS PARA LA TV. ¡QUÉ FELICIDAD PARA LA PATRIA SEÑORES! ¡QUÉ BIEN NOS HAN

PUESTO EL NOMBRE—PUERTO RICO! ¿Y QUÉ ES ESTO QUE VEN MIS OJOS? ES LA MILICIA BORICUA SEÑORES, SON LOS MILITARES PUERTORRIQUEÑOS, UNIFORMES, UNIFORMES, UNIFORMES, QUE GALLARDOS, QUE GUAPOS, NADA COMO LA PIEL BORICUA EN UNIFORME NORTEAMERICANO Y NOS CUIDAN HASTA AQUÍ EN LOS ESTADOS UNIDOS, MUY BIEN QUE MARCHAN NUESTROS MUCHACHOS, UNIFORMES, UNIFORMES, UNIFORMES.

UN DESFILE NO ES UN DESFILE QUERIDÍSIMA TELEAUDIENCIA SIN SUS MÁXIMOS REPRESENTANTES AL GOBIERNO FEDERAL—Y CON QUE ORGULLO LES PRESENTAMOS EN ESTE ESPECTACULAR E HISTÓRICO DÍA AL PRIMER SENADOR PUERTORRIQUEÑO EN CASA BLANCA, DEL VALLE OUR FIRST SENATOR IN WHITE HOUSE, GRADUADO EN DERECHO DE HARVARD UNIVERSITY, NACIDO Y CRIADO EN EL BARRIO, TODO UN EJEMPLO DEL AMERICAN DREAM, AQUÍ PARA USTEDES, PORQUE USTEDES LO PIDIERON Y POR ÉL VOTARON, NUESTRO TRIUNFANTE DEL VALLE, DEL VALLE, DEL VALLE OUR GREAT AMERICAN SENATOR, APLAUSOS, APLAUSOS, APLAUSOS, SÍ POR SUPUESTO . . . PONGÁMOSNOS DE PIE ANTE ESTA INSIGNE FIGURA DE LA POLÍTICA PUERTORRIQUEÑA.

-¿Cómo se me ve la corbata?

-Te ves regio, impecable como siempre, pero sonríete un poco más y saluda aquella gente de la tarima que son empresarios.

-¿Me hiciste la cita con el peluquero y el sastre?

-Todo listo, te ponen nuevo mañana, nuevo look-nueva imagen. A ver si los votantes empiezan a olvidarse del affair que tuviste con Alfonso, en mala hora te lo presenté. Te tomamos unas fotos con María Luisa y los niños y santo remedio. El público tiene la memoria de un mosquito.

-¿Me escribieron el discurso?

-Listo. Pasado mañana el barrio completo estará llorando tu pasado y los infortunios de tu niñez y al final completamos con unas promesitas por aquello del plan económico y el favorcito que te debe el presidente. Sonríe, sonríe virilmente, que ahí vienen las cámaras.

UN CAMPEÓN SEGUIDO POR OTRO CAMPEÓN. PERO ÉSTE DA LOS PUÑETAZOS EN EL CUADRILATERO. ¡QUÉ CORPULENCIA! ¡QUÉ MÚSCULOS! ¡QUÉ FINURA Y FUERZA DE TORSO! NUESTRO BILLY CARRASQUILLO CAMPEÓN PESO PLUMA, PERO EL PUÑETAZO SE SIENTE DE HIERRO. MÍRENLO COMO BOXEA SOLO, ES TODO UN PERFORMANCE PIECE, A VER . . . ¿Y QUÉ NOS MUESTRA BILLY? AH . . . ES UN TELÉFONO PARA RECORDARNOS QUE ES HORA DE COMUNICARNOS CON A. T. AND E, EL PUENTE ENTRE LAS DOS CULTURAS. COMUNÍQUENSE, COMUNÍQUENSE, COMUNÍQUENSE CON LA ISLA DEL ENCANTO, CON LA MAMÁ, EL PAPÁ, EL ABUELO, LOS NIETOS, ESE SER QUERIDO, PORQUE HAY TANTO DE QUE HABLAR SEÑORAS Y SEÑORES Y DAMITAS PRESENTES QUE A. T. AND E LES BRINDA ESE 50% DE DESCUENTO PARA QUE HABLEN TODO LO QUE QUIERAN, YA NO TIENEN QUE IR A PUERTO RICO PORQUE EXISTE SU AMIGO A. T. AND E. HABLEN SEÑORAS, PORQUE HAY TANTO DE QUE HABLAR . . .

-Oye ayer hablé con mami por teléfono y parece que la cosa está que arde.

-¿Y qué te cuenta?

-A Mari la cogieron en Bayamón oliendo pega, pero lo peor fue que ya venía pegándoselos al marido por aquello de mantener el vicio y diz que se ha metido a puta, pero yo no sé, sólo cuento lo que me dicen porque cuando la cogieron iba más embollá y a la hermana la emborujaron en el lío, no sé si la vendía o la distribuía, el caso fue que también la agarró la jara, pero que pujilato se formó cuando se enteraron de que hasta el hermano maricón que tienen también se la estaba metiendo, ahora dicen que tiene sida, yo no sé, yo te cuento porque la cosa está bien caliente.

ESTE DESFILE NO PUEDE TERMINAR SIN QUE SE COMAN UNOS RICOS MCDONALDS PORQUE EL BIG MAC LES DICE WELCOME A COMER HAMBURGUERS, WELCOME PORTORIQUENOS A SU HAMBURGUESA PREFERIDA QUE SIEMPRE VA MUY BIEN ACOMPAÑADA DE UNA SABROSA PEPSI, YA SABEN IT'S THE PEPSI GENERATION Y QUIÉN MEJOR PUEDE ILUSTRAR ESTO QUE EL MUY CHARRO MEXICANO QUE VIENE CABALGANDO EN SU YEGUA MONTUNA MIENTRAS SOSTIENE SU GRAN Y BURBUJEANTE BEBIDA Y A LOS VIENTOS ENARBOLA NUESTRA BANDERA DE ESTRELLA SOLITARIA, PUES VIVA PUERTO RICO NO MÁS, ÁNDELE PUES QUE NO HAY NADA MÁS IMPORTANTE EN LA VIDA QUE SER GENERATION PEPSI Y ESO SÍ ES VIVIR Y LO DEMÁS ES UN CUENTO.

ESTIMADO PÚBLICO ESTE MAGNO EVENTO CIERRA NADA MENOS QUE CON UN PAYASO, QUE BUEN TOQUE

DE ORIGINALIDAD Y GRAN SENTIDO DE HUMOR POR PARTE DEL COMITÉ ORGANIZADOR. SEÑORES, ¡UN PAYASO! ¡QUÉ DELICIA! ¡QUÉ ENCANTO! Y VESTIDO DE BANDERA DE PUERTO RICO. ¡QUÉ GRACIA, COMIQUÍSIMO! LA ESTRELLA LA LLEVA PLASMADA EN LA NARIZ, LAS FRANJAS ROJAS Y BLANCAS SE CONFUNDEN EN DIMENSIONES DE MULTICOLOR, ¿DÓNDE EMPIEZA CADA CUAL?

-Oye, si ese es mi pana . . . que hasta anoche estuvo en la nevera por violar a su hermanita.

-¿Te acuerdas que se hizo el tatuaje de la bandera en las nalgas?

AHORA SON MILES Y MILES DE BANDERAS QUE SIGUEN EN MARCHA DETRÁS DEL DIVINO PAYASO, MILES DE BANDERAS ESTIMADÍSIMO PÚBLICO ARROPANDO LOS SUELOS DE ESTA NUESTRA SEGUNDA PATRIA ¿QUÉ OIGO A LO LEJOS? . . . EL GÜIRO SUENA, RETUMBAN LAS CONGAS, LA SALSA SE HA APODERADADO DEL DESFILE.

-No joda brother, viva pueltorrrico mano, mañana mismo me voy a Borinquen . . . viva pueltorrrico.

AQUÍ TODO ES JOLGORIO Y FELICIDAD EN ESTE APOTEÓSICO CIERRE, LES DIGO QUE EL NEW YORK TIMES NOS DARÁ LA MEJOR RESEÑA NUEVAMENTE, AQUÍ FUE TODO LO MEJOR DE LO NUESTRO, ¡CUÁNTA BELLEZA, CUÁNTA CULTURA, CUÁNTA NACIÓN, CUÁNTO DESPLIEGUE, SEÑORES! ¡SEÑORES!

DESGRACIA ROMÁNTICA

Entró con su melena deshecha. Parecía que el huracán le había bailado por dentro. Refunfuñaba porque había esperado cinco minutos para el maldito autobús que siempre se atrasaba a la hora más importante de su vida. Fueron cinco minutos de angustia y para el colmo de sus males—sin el cambio correcto que necesitaba para abordar el vehículo de su desgracia. Siempre se le olvidaba recoger aquellos setenta centavos de la cómoda comprada por su abuela en el pulguero de segunda. ¿Cómo era posible que le volviera a suceder esto si cada vez que miraba el mueble heredado se acordaba del regateo de su abuela con el vendedor agitado? Desde entonces se había resuelto asociar el mueble heredado con dinero contado minuciosamente.

Subió al autobús dando tumbos. De repente sintió que toda la gordura se le venía encima. No había manera de que pudiese pasar entre toda esa gente. Le faltaba el aire. Sus axilas se habían vuelto un lapachero de esencias telúricas salpicadas de una fragancia casi apagada. Su frente le sudaba como nunca. Las gotas del sudor le pesaban como plomo muerto que nace, cae y se estanca. El maquillaje se corría y los tonos rosados ya empezaban a confundirse con los bermejos. El sudor se volvía ríos zanjando canales sobre su base Channel que tanto le había costado. Mala idea fue la de apretarse un poco más la faja esa mañana. Todo por la estúpida vanidad. Le dolían los rollos y comenzaba a sentir el dolor de espaldas que podía fácilmente paralizarla.

La maldición de los tv dinners cobraba su venganza. Cuando se tragó aquella primera suculenta telecena ya conocía los lindes del desempleo. Muy bien le explicó la sicóloga invitada al programa de las cuatro,—que comía por impulso, por ese deseo de apagar toda frustración sexual no consumada debida a todas las otras frustraciones causadas por sus padres que al final de cuenta eran los causantes de su inmensa gordura. Que tenía una necesidad de llenar un vacío, un inmenso vacío que ninguna comida podría llenar jamás-. Tal explicación, tan bien pensada, por tan increíble erudita, le pareció una iluminación mística que forjaría el comienzo de su nueva vida.

Viva la tele y sus milagros. Tendría que sondar todos los canales televisivos hasta encontrar la solución perfecta, pero mientras tanto había que comer. De ahí que su doble rollo no le permitiera vivir en sueños de revista MADEMOISELLE. La doble llanta que asustaba a todos los posibles Romeos anunciados por PEPSI tu nueva generación. Mientras tanto iba al trote con toda la inmensidad de su cuerpo que no le permitía el cupo en el infernal autobús de verano. La desgracia se acrecentó con el idiota de chofer que le gritó varias veces,

-Señorota, pague su tarifa.

-¿Quién tiene cambio?

-Señora le aceptan el billete.

-¡Qué no! Qué me gané este peso bien ganao, dando trapos a pisos asquerosos de ricos muertos de hambre. ¿Quién tiene cambio? ¿Aquí nadie come, ni bebe? ¿Dónde está el cambio que le dieron en la tienda?

-Tenga señora, quédese con esto.

-¡Qué no! Qué no quiero limosna, que pa'eso trabajo de sol a sol. Pero, ya que usted insiste . . .

Vio bajar los setenta centavos iluminados por la luz interior del tragamonedas. Aquello le parecía desperdicio que una máquina se comiera lo comible,—Con esos setenta centavos me hubiera comprao un tv dinner de los nuevos que están poniendo a prueba.

La montaña mayor había sido escalada. Todo era cuestión de encontrar un asiento con ventana que le ventilara los sobacos y de una vez ver la ruta de sus planes. Se dio a la empresa de traspasar los precipicios en el aire que sentía cada vez que el chofer caía en uno de los hoyos de la carretera. Todo parecía que los buscaba adrede para verla nadar en el aire. Flotaba y saltaba como astronauta inflada en peripecia atlética. La meta fue lograda con honores conferidos por el público presente que le vociferaba.

-Rema que vas llegando.

-Nada, ballena, nada.

-Acá te espera el cielo.

-¡Virgen Santa que ya estás aquí!

El asiento tan deseado le esperaba con los graffitis más poéticos de la década: AQUÍ TE QUISE CHULA, DÁMELO QUE ES MÍO, A PEDRO YA SE LO COMÍ, PAL CARAJO AL QUE LEA ESTO. Llegó, pero sus nalgas bien extendidas no lograban acomodarse en el aposento de la sensualidad letrada. Por más que trataba se quedaba una porción carnosa colgada en los horizontes perdidos de la nada. Respiró profundamente con la inmensa alegría de saber que había llegado al cielo prometido.

Ahora era cuestión de avalentonarse y abrir conversación con aquél que tan galantemente había ofrecido la tarifa. Notó que desde el comienzo de la odisea había mirado con interés o quién sabe curiosidad a su persona. Ya le había explicado la sicóloga que sí, en efecto eran muchos los hombres interesados en las gorditas. Aquélla sería su tarde de suerte. Le suplicó a San Antonio que le diera tacto y feminidad.

-Y . . . usted ¿qué hace?—preguntó mientras agarraba su enorme bolsa plástica colmada de cajitas de comida pre-preparadas.

-Escribo, señora.

-¿Y vive de eso?

-Me parece que no.

-Decídase, que no voy a estar en este infernal autobús toda la vida. Aprovéchese que me tiene de cerquita ahora.

Ya comenzada la conversación se decidió lanzarse al aventurón del atrevimiento. Nada tenía que perder, tal vez el desagrado de un escritor muerto de hambre. Comenzó con el suave roce de su multidimencional muslo. No, el pobrecito no recibía las señales del erotismo, parecía que iba navegando por los ensueños del escribir. Pasó a la segunda táctica, meter su pie entre los de él. Nada. Él no se daba por aludido. Ya cansada de rozar y meter pierna se acordó que aquello poco valía comparado con lo que se había propuesto antes de tomar el autobús. En cuestión de minutos llegaría al almacén de su dicha.

Llegó a su destino: a la tienda de la constante barata. COMPRE HOY—PAGUE MAÑANA, COMPRE UNO-LLÉVESE OTRO GRATIS, AQUÍ LE FINANCIAMOS, AQUÍ SÍ LE QUEREMOS, AQUÍ LE DAMOS TODO LO QUE USTED QUIERE. La sonrisa se dibujó en su rostro mientras daba comienzo al final de su travesía. Intentó varias veces alcanzar el cordón para pedir parada, pero sólo logró perder el balance y desequilibrar la nalga aérea.—Oiga, ¿por qué no me alcanza y Dios se lo paga?-. El letrado accedió a esta última petición. Esperó a que el autobús parara en seco para comenzar el descenso de la alegría colmada. Iba inflada de esperanza con pie seguro a conquistar descuentos y descubrir especiales que solamente ella podría encontrar. Su salida fue triunfal, llena de dimes y te dirés,—de cuanto te odio y yo te odio más.

NOCHE DE RONDA

Me miro ante el espejo y descubro un rostro que no conozco. ¿Cómo fue posible que toda esa elaborada belleza haya desaparecido en el transcurso de una noche? Con espanto crítico se revelan ante mí unas ojeras azules y profundas que enmarcan estos ojos de pájaro azorado. El fino delineador, el rimel, la sombra azul, todo se ha vuelto un charco de colores oscuros, donde apenas se asoman unos ojitos lagrimosos cubiertos de venecillas rojas a punto de estallar. El labio inferior, descolorido y seco, me tiembla con la rapidez de aquél que sufre escalofríos en invierno. Trato de morderlo para apaciguar el llanto, pero en vano el intento, porque el sollozo se revienta en mi boca, dando alaridos que no puedo contener.

En esta desesperante angustia, quiero agarrarme de los cabellos y tirar de ellos hasta sangrar, pero me desenmascaro con la verdad de que la frondosa cabellera de anoche es ahora una peluca entre mis manos y la prematura calvicie muestra estas cejas despintadas, donde el sudor ha surcado canales que llegan hasta las mejillas hinchadas. ¿Cómo es posible este esperpento, si anoche fui la envidia de las amigas, el centro de todos los cumplidos? Y ahora heme aquí, más atropellada que víctima de incendio, terremoto, huracán o todo combinado, adolorida, arrastrada hasta este infernal espejo donde arreglo cuentas conmigo misma, con la vida, donde veo esta cara que rehúso mirar y me niego a sentir este cuerpo tajado de cicatrices recientes, golpeado y apaleado como si la muerte lo esperase a la vuelta de la esquina.

¿Dónde estoy yo, Maritza la siempre bella, la perfumada, la dueña de la esquina y la noche? Te busco en este maldito espejo y no te encuentro, te desmaquillo y no estás ahí, sólo veo este espantapájaros de ser, esta sombra de sombras que no es Maritza de la noche. Y voy urdiendo en la memoria hasta recordar el mundo que construí, esa verdad que habíamos creado para poder sobrevivir.

Todo comenzaba con el régimen de nuestra estética, aquello que nos hacía bellas, espléndidas, listas para la nocturna ronda. A la hora de ponernos el maquillaje siempre nos divertíamos mucho la Lucy y yo. Ella más negra que la noche, le daba con pintarse con afeites de niña blanca, de tonos rosados como si fuera de quinceañera. Yo lógico, le recriminaba que se dejara de complejos, que íbamos a putear, no a desfilar en Casa España. Ella se hacía la tonta y continuaba sombreándose con su pink translucent eyeshadow. Se colocaba todas las cremas y polvos con el delicado esmero de una cosmetóloga profesional mientras cantaba rancheras a lo Rocío Durcal. Después de una ardua hora frente al espejo, quedaba yo regia, como para levantar el primer macho que se me cruzara en el camino. Pero no, me tenía que revestir de paciencia y remover la falsa máscara blanca de Lucy para transformarla en una diosa africana. Ella sí que era toda una mujer. En cuestión de minutos y con poco maquillaje se vislumbraba la diferencia inmediatamente.

-Condená, tú sí que naciste para ser mujer. Con esa carita de ángel y ese cuerpo de guitarra no hay mujer que se te pare al lado. Papá Dios se equivocó solamente en el pipí. Y ahora que tu raza está de moda . . . no joda.

-Ay querida, pero si el color no me ayuda . . .

-No seas pendeja. ¿Para qué tú quieres ser blanca? A ver . . . Si las blancas nos arrugamos más rápido que una pasa y a la primera enfermedad que nos da, parece que nos llevó la muerte. Tu tranquila con la cuestión del color, que tú siempre eres la primera en hacer el levante, conque tranquila, ¿ok?

Aquellos vestidos que vimos en **ELLE** y que luego nosotras mismas confeccionamos resultaron perfectos. Mi querida Lucy, siempre soñaste con vestir de vampiresa inocente y aquel conjunto negro se ceñía a tu esbelto cuerpo de guitarra como una segunda piel. Qué clase, qué estilo tenías al caminar. Bien que parecías un cisne flotando en un lago tranquilo de algún país exótico. Esa blusa transparente marcaba hermosamente los senos que habíamos diseñado. La falda tomaba las curvas de tus levantadas nalgas, para mostrar unas caderas que gritaban que querían ser acariciadas.

Yo, en cambio, la desgraciada, no había nacido con la bendición de tu cuerpo. Mi estructura ósea masculina me delataba a leguas, por lo tanto había que camuflarlo con mucha tela suelta, cosa que el enfoque quedara siempre dirigido a mi obra de arte, a esta cara de mujer pintada con el más diestro pincel.

Cada ceja que nos dibujábamos, cada prenda que vestíamos nos acercaba más al sexo tan admirado. Nuestras voces cambiaban, la dicción se nos tornaba perfecta y los manerismos femeninos surgían con una naturalidad que ningún hombre se podía resistir a ellos. Nos mirábamos al espejo y sin lugar a dudas quedábamos convencidas de que éramos mujeres. Tú la exquisita modelo de revista y yo la impactante mujer de cosméticos.

El taxista que nos recogió en la esquina no quitaba la mirada del retrovisor. Te comía con los ojos y tú tan distante como siempre, conocedora de que poseías la belleza que embrujaba los hombres, no te dignabas en echarle ni siquiera un ojito. Él se mojaba los labios, se los mordía, suspiraba, todo esto sin que se registrara en tu mirada de diosa intocable. Al bajarnos rehusó aceptar el pago por el uso, en ese preciso momento como estratagema bien planeada, le soplaste un beso al aire, que el muy pendejo recibió como si fuera enviado por el cielo.

-¿Qué carajo tú les hace a los hombres, amiga?

-Nada niña. Les brindo mucho silencio, misterio y creo la ilusión, la fantasía de que existo bella, pero no soy de ellos.

-Y si te descubren . . .

-Los hombres son unos pendejos y se les engaña fácilmente.

Cuando entramos al club la música estaba encendida. El son cubano se había apoderado del ambiente para darle al lugar un toque extravagantemente tropical. Estaban las caderas que no se podían contener. El roce suave de los cuerpos incitaba al baile, al cachondeo. Se bailaba el baile de la losa sencilla. Cuatro piernas bien entrenzadas se movían despacito dentro del pequeño espacio cuadrado. La flauta y las maracas marcaban la clave, mientras el güiro raspaba el aire. Sudaban las pieles soltando unas fragancias de perfumes bien cotizados, se cuajaba el pre-aroma del sexo tamizado por el buen oler. El agua ardiente se hacía sentir en las carcajadas, en los labios mojados que regalaban besos por doquier. El lugar no era para aplatanarse, aquí se vivía la intensidad del momento. El desesperante deseo de manifestarse en cuerpo y alma era la orden del día. Y tú tranquila, como si no estuvieras incluida en la lujuria de la noche, como si aquello no pasara por tu lado.

El guapetón de Mario te echó el ojo desde que hicimos la entrada. El muy zorro hacía un par de meses que te venía tirando el lazo y tú tan indiferente como siempre. Sus ojos azules dormilones enloquecían a las competidoras, las pobres suspiraban como tontas adolescentes al verlo pasar. El condenado sabía como acariciarse el cabello rubio ondulado, dar la media vuelta, flexionar los músculos y seguir la pasarela exhibiendo su traje italiano al estilo Armani. Todo ese despliegue para su Lucy. El pobrecito empeñado en su diosa africana, que le diría cosas tan dulces como—guaca-naraya guateque guateso, ay amor te voy sintiendo ya la o-. Pero todo esto te colmaba de tal aburrimiento que hasta en la cara se te veía el deseo de salir corriendo. Aquí no se daba el juego que tú querías. El adivina, adivínalo más, para ver si sabes con quién te acostarás.

-Ya vámonos que estoy harta de estar aquí.

-Pero chica, ¿qué te pasa si apenas llegamos?

-Esto me aburre mujer, acá todos saben lo que somos. No hay intriga ni misterio. Estos son unos semi-machos que se quieren comer el cuento de que se acuestan con una mujer, pero saben muy bien que tenemos el coso que nos delata. En este lugar no se ha seducido a nadie. Vámonos a conocer los hombres de verdad, los que realmente se crean esta fantasía que hemos elaborado. Ya después que prueben un poco, no dan marcha atrás.

Siempre terminábamos en esto, tu juego, tu deseo de querer ser aceptada por lo que en el fondo no eras y pretendías serlo. Porque ya te habías creído el cambio y vivías en otro cuerpo, en esa fantasía de la fisonomía creada. Y yo como siempre la insegura, la fácil de complacer, la acomplejada, que por ganarme tu estimación te seguía hasta el fondo de la barranca. Hasta hallar el porque de nuestro peregrinaje por la noche.

Nos fuimos del club y comenzamos a ondular caderas. Caminamos seis o siete pasos cuando se detuvo ante nosotras uno de tus admiradores, el taxista, el devorador de tu mirada. El chofer se había conseguido un amigo que no estaba del todo mal y ahora nos invitaban a subir al carro. Aquello para ti era fantasía mayor, hacer el amor con un taxista que te acortejaba como si fueras mujer irresistible. Lógico que ya te venía esperando, el tipo había leído bien la señal que le diste cuando le lanzaste aquel beso aéreo que esperaba su llegada y ahora aterrizaba aquí en tu mirada. Esta gente no come cuento, te dicen exactamente lo que piensan, sin tapujos, sin la menor consideración de que se están dirigiendo a unas damas.

-Mamita chula, preciosa, ¿damos un paseo por el parque? Mira que la noche está como para chupárselas todas. No me ponga esa cara de ofendida y aquí el que sufre soy yo, porque huelo canela, pero no como canela.

-Por lo visto Maritza el taxista tiene lengua y habla, porque en el taxi no dijo ni pío.

-No sólo tengo lengua, sino que la sé usar como a ti te gusta mi reina.

-Y tú, ¿qué sabes lo que me gusta a mí?

-A ver, súbete mi belleza y lo descubro.

El hombre dio en el clavo cuando dijo la palabra descubro, porque precisamente ese era tu mundo cubrir y descubrir para agradar con la sorpresa o aterrorizarse con la verdad. Seguir con tu juego, ese era el plan, porque en todo caso la vida era jugarse las cartas y en eso resultábamos expertas. El deseo de subirte al auto se notó de inmediato. Comenzaste a frotar la manija delicadamente como tentando la idea, hasta que por fin tiraste de ella y nos subimos al coche. El taxista se conocía a perfección la zona y en menos de media hora estábamos en uno de los parques más remotos de la ciudad. Allí todo era oscuridad y de un silencio que espantaba muertos. Estacionó el auto entre los arbustos y casi al unísono, los dos se lanzaron sobre nosotras con un apetito devorador.

Harto nos conocíamos el cuento, querían ir directamente al epicentro de la acción, a la ranura del deleite femenino, pero eso nos delataría, pondría fin a nuestro secreto juego. Para aquél entonces, ya hacían tres meses que veníamos inyectándonos las hormonas, por lo tanto muchos eran los placeres que podríamos brindar antes de descubrir el secreto. El plan siempre era el mismo, dirigirlos lentamente por el camino del eros, paso a paso, hasta culminar en la entrega total, si era aceptada. Los largos y profundos besos, las apasionadas caricias, eran el preámbulo que los llevaría a chupar con fuerza los delicados senos.

El taxista y su compañero se acoplaron al momento, se dejaron llevar por nuestras diestras manos que los guiaban como ciegos, ya la prisa no existía, pero el calor iba en aumento. Poco a poco nos desvestían mientras mordían, besaban, apretaban todo aquel cuerpo que se les entregaba femeninamente. Noté que Lucy se apresuraba, que algo la sacaba del camino estudiado. Su acompañante se le alteraba, colocaba con tesón su miembro erecto entre las piernas de mi amiga, exigía prontitud en el acto. Ella para socorrerse del momento, se arrodilló ante él, sacó su enorme e incandescente hierro y comenzó a mamarlo para apaciguar la demanda de su taxista.

La situación comenzó a empeorar. Mientras el taxista se dejaba complacer, noté como con insistencia buscaba la vulva de Lucy y ella se esquivaba, le buscaba la vuelta para que él no diera con lo que él tanto apetecía. Esa noche mi amiga se había forrado herméticamente su carga de hombre con cinta adhesiva. Llevaba su ínfimo bulto masculino apretado entre las piernas, casi aplastado contra su piel, de manera que al tocar por esa región sólo se podía sentir si acaso una leve protuberancia.

Lucy no contó con la fuerza inesperada que de repente mostró su hombre. En cuestión de segundos le echó una llave y seguidamente le abrió las piernas con la invasión de las suyas. Al quedar completamente expuesta, buscó con desesperación la apertura que tanto se le negaba. Cuando palpó con su enorme pene el pequeño paquete adherido a la piel de su vencida, el rostro le cambió de expresión, se consternó la mirada y con una fuerza brutal tiró de la cinta exponiendo al aire los genitales colgantes de mi amiga.

Sin darle tiempo a que ella se preparara, comenzó a darle puñetazos en la cara, a sacarle sangre por los ojos y la boca mientras le gritaba sin parar,—maricón de mierda, ésta me la pagas con tu vida-. Después que se cansó de pegarle, sacó de la guantera un cuchillo y con la misma rabia renovada le enterró el puñal en el pecho repetidas veces hasta sacarle su último grito de vida. Todo esto ocurrió como un relámpago. Yo había quedado paralizada, inmóvil, sin saber que hacer ante aquel horror inesperado.

Todavía quedaba yo, y el amigo se sentía obligado de mostrar su machismo y camaradería con el cuate deshonrado.

Me susurró al oído,—no me cuesta más remedio nene—y esto me lo decía porque nosotros nos habíamos sentido, él sabía muy bien en lo que se había metido y estaba dispuesto a seguir hasta lo último si no hubiese sido por la desaprobación de su amigo. Había que probarse, era la ley de la vida. Sacó de su bolsillo una manopla y comenzaron los golpes dirigidos al vientre que lentamente iban subiendo hasta llegar a mi cara, como tortura lenta de que había que deformar aquello que tan fácilmente lo sedujo. En sus ojos se le notaba una tristeza que no iba a la par con la paliza que vaciaba en mi cuerpo. Lo nuestro había sido distinto. En el silencio de las caricias habíamos develado nuestras verdades, el gusto por lo que él conocía prohibido, pero no obstante gustaba de ello. Mis gritos y llantos, la sangre derramada, ayudaron a convencer al taxista de la hombría de su amigo.

-Estos hay que dejarlos tirados en carretera abierta para que el tráfico termine con ellos—propuso el taxista.

-Mejor a éste lo dejamos aquí para que no se levante la sospecha.

Me miro en este espejo y aún puedo ver los coches pasando sobre tu cuerpo. Vacía de toda vida los parachoques te lanzaban de un lado a otro de la carretera como bola desinflada, sin el menor indicio de detenerse para recoger el bagazo humano que rodaba por el asfalto. Cuando me recuperé del desmayo, ya tu cadáver había desaparecido, no sé si por el tanto rodar o por algún alma que se apiadó de aquel horrible espectáculo.

Intento quitarme este maquillaje que se ha incrustado en mis heridas, pero sólo logro causar más dolor a esta piel ya deformada. Este infernal espejo es el asesino de mi alma que me sigue recordando la deformación de mi rostro, del recuerdo de una belleza inventada. Te voy buscando en este reflejo mi querida Lucy, pero las coordenadas de tus ojos se me escapan y sólo logro escuchar esta caja ruidosa que me anuncia tu muerte, tu descalabro por la vida,—homosexual travesti muere atropellado por un auto—es todo lo que se oye. Me miro en este espejo para traspasar esta nada que no veo y quedo fragmentada, rota en mil pedazos, buscando los restos para construir tu mirada.

EL ENJAMBRE

Este afán de volverse uno de enredarse en las sábanas de buscar la entrada al placer de conseguir el dominio del éxtasis en una sola palabra de multiplicarse en las sílabas del sudor acentuando la dejadez del cuerpo que se nos muere en cada salida sin el tiempo de llegar al perdón porque el perdonar no existe en este acto de amor que no es amor siendo el más allá del placer que se tritura en cada pedazo de piel en cada boca que se nutre de su propio sabor aumentando el calor de cada suspiro de cada quejido de cada gemido de gozo en la embriaguez de eso que nombran líbido liviandad para sentirse entregado a toda agonía a cada mal paso tomado porque tomarse el aire del otro es vivirse-vivir en esto que nominan la fuerza del cuerpo que quiere sentir lo que se sabe que se desconoce en la sangre que se acumula en el vaso que se extiende fortaleciendo cada vena cada vía de todo ese tránsito forzado sin escape a lo lejano que queda tan cerca tan apretado tan amarrado a sí mismo que pide liberación invitando al beso extraño al beso que pulula entre la suavidad del tacto y la ruptura abrupta de esa pequeñez deseada y negada porque no se niega se pospone todo lo que se desea de esa locura cuerda que electrifica los sentidos confunde el intelecto y arrastra hasta el no más amor porque es que deseo más allá de lo que conozco porque en cada pedido se descubre que nunca se ha comenzado este círculo de los brazos entregados y extendidos a esa tu fuerza de querer llegar de querer depositar todo el desenfreno que ya no puedes acumular porque te has liberado has visto que este afán de volverse uno es multiplicarse.

CUENTO PARA SER CANTADO

el prefigurado

Sueles hacer tus visitas de mañana cuando los pájaros aún cantan, cuando el café se aroma en el viento y hermosamente estás recostado así, desnudo, entregado con todas las fuerzas viriles al aire como imponiendo un cerco de felicidad, de una dicha que sólo tú conoces, Prefigurado, cuando haces visitas de mañana y tomas tu tiempo teorizando el amor en cada roce, en cada palpitación de mi cuerpo que es tu cuerpo en invención, porque bien sabemos que no existes, que solitario llegas con tus huellas a imprimir en lo profundo, a dejar tu sabor a piel, a pájaros que aún cantan en la noche.

inicio

Sé cuando me miras con tus ojos verdes de verano, que la piel se te va quemando, tejiéndose en un atavío de bronce. Y bien tu piel, fuerza de músculos apretados que asonantados van persiguiendo esta oscura mirada antillana que se te cuela por los ojos, por ese verde mar que llamas mirada. Y conocerte en una noche de fuego cuando los latones de Jamaica tumban y retumban los sones de calipso y limbo, es descifrar el enigma que te hace hombre, imaginarse el salitre del sudor que permea tu cuerpo, hoy día del encuentro, de las primicias, de saberse iniciado en el amor, ¿cómo saber que eres tú, el Prefigurado, el hombre que ha de ser el hombre?

angela's cafe

Aquí está por nacer nuestro amor. Éste tu primer sorbo de café, los labios acercándose a la taza como anticipando el beso. Nos miramos con un miedo de siglos, porque los hombres no han de quererse con la intensidad y el descaro que nos queremos. Hacemos una trenza con las palabras que nos definen, descubriendo que en cada vuelo se ha encontrado al otro. Tu sonrisa se filtra por mis poros y vuelvo a sentir esa mirada de verde mar. ¿Adónde me llevas con tus claros ojos? ¿Cuál es el cabotaje de tu piel? ¿Cómo se descifra la primera cita de recuerdos? Nos palpamos las manos debajo de la mesa, revelando el secreto, descubriendo la mentira, porque los hombres no se habrán de amar así, con el descaro que nos amamos.

los paseos

Las pisadas nos van llevando a estos manglares hermosos donde los caimanes se ocultan bajo las sombras de un árbol. Sigilosos descienden a sus aguas oscuras donde sus vértebras se asoman por un breve momento. Así vas descubriendo mis primeros miedos, los temores de un caribeño que jamás ha visto lagartos de enorme tamaño. Me dices que has nadado en sus aguas, que es cuestión de acostumbrarse a la idea, de que todo es lo mismo, animal, agua, vida y muerte. Admiro ese sentido extraño del valor, un entregarse a lo que es ya uno. Niño que es hombre. Hombre que es niño. La tarde se va abriendo, salitrada, perezosa de ánimo. Hemos llegado al palmeral, a estas arenas que nos unen desde mi isla a tu península. A lo lejos, el horizonte langostino nos traga con su boca naranja, ampliándose desde sus entrañas para mostrar el monstruo de garras azules pintadas. Y nos vamos imaginando en este trueque de atardeceres, cómo es tocarse las manos, sentirlas palpables, táctiles, llenas de una fuerza incontenible donde se deposita el deseo del amor censurado. Porque el afecto no será público, sino en los lindes de la imaginación, donde lo silente siempre permanece vociferado de amor. Aquí las hojas se amontonan a nuestro paso. Explorándolas descubrimos un tiempo que no es nuestro, algo diluido por los minutos que van pasando, horas imprecisas, horas estancadas. Los paseos me llevaron a conocer tu vida, un laberinto de luces que ha cercado el aire, el viento que define la existencia.

INDICE

Myles Brown

El pintor Myles Brown nace en Filadelfia donde recibe su educación académica y artística. Su obra es parte de la colección permanente Paden y el National Create a Drama. Obtiene el premio en artes plásticas del Carnegie Institute en Pittsburgh. Su obra se expone en galerías de Filadelfia, Pittsburgh, Nueva York y Río de Janeiro. Entre sus pinturas se destacan La soledad del poeta, la serie Mujeres de Bahía, la serie Hombres de Bahía y El poeta expuesto. La portada de este libro captura uno de los detalles de esta última pintura. De igual manera, Myles Brown ilustra libros y diseña escenografías.

Carlos Manuel Rivera

Nace en San Juan de Puerto Rico. Desde el 1979 ha sido actor, poeta y performero. Obtuvo una licenciatura en teatro y literatura hispánica en la Universidad de Puerto Rico, una maestría en literatura hispánica de la Universidad de Nueva York y un doctorado en filosofía y letras con especialidad en teatro latinoamericano en la Universidad Estatal de Arizona. Es Catedrático Auxiliar de español en Davidson College.

Entre sus libros publicados se destacan: *El Nuevo Teatro Pobre de América de Pedro Santaliz* y *Soplos Mágicos Disparates*. También ha publicado diversos trabajos de investigación en prestigiosas revistas académicas. Ha colaborado en Estados Unidos, Puerto Rico, México y España como actor, director, dramaturgo y performero en numerosas obras teatrales que van desde lo clásico hasta la post vanguardia. Actualmente trabaja en varios proyectos que verán pronta publicación.